두 소녀의 용기

저자와
협의하여
인지 생략

〈나답게 청소년 소설〉
두 소녀의 용기

지은이 | 이규희
펴낸이 | 一庚 장소님
펴낸곳 | 답게

초판 1쇄 발행 | 2019년 4월 15일
초판 2쇄 발행 | 2019년 7월 20일

등 록 | 1990년 2월 2일, 제 21-140호
주 소 | 04994 서울시 광진구 면목로 29(2층)
전 화 | (편집) 02)469-0464, 02)462-0464
　　　　(영업) 02)463-0464, 02)498-0464
팩 스 | 02)498-0463

홈페이지 | www.dapgae.co.kr
e-mail | dapgae@gmail.com, dapgae@korea.com

ISBN 978-89-7574-307-8
ⓒ 2019, 이규희
나답게 · 우리답게 · 책답게

이규희 청소년소설

두 소녀의 용기

도서
출판 답게

소녀야,
이제 울지 말고 용기 내어 말 하렴!

언제부터였을까, 듣도 보도 못한 #Me Too라는 단어가 우리 생활 속으로 파도처럼 밀어닥쳤다. 마치 그동안 동굴 속에 숨어있던 마녀가 머리카락을 풀어헤친 채 세상 밖으로 뛰쳐나온 듯 미투 열풍은 사회 각 분야를 헤집고 다녔다. 도저히 상상할 수 없는 일들이 그 민낯을 드러내며 누군가는 피해자로, 또 누군가는 가해자로 그 이름이 날마다 매스컴을 타고 흘러나왔다.

그 중에서 가장 사람들을 놀라게 한 건 '스쿨 미투'였다. 지성과 교양, 윤리를 지켜야 할 학교에서 스승이 제자를 상대로 상습적인 성차별, 성희롱, 성폭력을 해왔다는 뉴스들이 날마다 터져 나왔다. 더 안타까운 건 믿었던 교사에게 그런 몹쓸 짓을 당하고도 피해자인 학생들은 그동안 아무에게도 말하지 못한 채 혼자 숨죽여 지냈다는 거였다. 가해자인 교사는 아무렇지 않게, 뻔뻔하게 여전히 같은 학교, 같은 교실을 오가며 학생 근처를 어슬렁거리고 있는데 말이다.

나는 그동안 어둠 속에 꽁꽁 갇혀있던 '스쿨 미투'에 관한 뉴스를 보는 내내 마음이 무거웠다. 그러다가 문득 오랫동안 잊고 있던 여고시절의 친구 K가 떠올랐다. K는 유난히 마음이 여리고 누구보다 글 쓰는 걸 좋아하던 문학소녀였다. 홀어머니와 동생들과 가난하게 살았지만 늘 잘 웃고 작가가 되고 싶은 꿈을 지닌 아이였다. 그런 K는 당연히 문예부에 들어갔고, 소설가인 국어선생을 좋아하고 따랐다. 그러던 어느 날부터인가 K는 문예부도, 글쓰기도 그만두고 국어선생만 보면 슬금슬금 피하는 등 이상한 행동을 하였다.

아이들 사이에 소문이 퍼진 건 그 무렵이었다.

"K가 국어선생님 집에서 울며 뛰쳐나오는 걸 어떤 아이가 봤대! 옷이 며 머리도 다 풀어헤쳐진 채 말이야."

"선생한테 무슨 일을 당한 게 분명해."

학교 근처에서 혼자 자취를 하던 국어선생은 가끔 아이들을 집으로 불러 상담을 해주곤 하였다. K도 그 날 무슨 일인가로 국어선생 집에 간 모양이었다.

그 후 아이들의 소문이 사실이라는 듯 K는 완전 딴 아이가 되었다. 그렇게 잘 웃던 K가 웃는 모습을 본 적이 없었다. 나는 그 때 어렴풋이 깨달았다. K가 국어선생님에게 소중한 무언가를 빼앗겼다는 걸. 졸업을 하고 K를 본 아이들은 아무도 없었다. K는 마치 이 지구를 떠난 듯 어디론가 흔적도 없이 사라졌다.

미투 열풍이 불자 나는 어디에서 어떻게 살고 있는지 알지 못하는 K에게 미안했다. 그 때 우리가 뒤에서 수군거리는 대신 K의 이야기를 들어주고, K의 손을 잡아줬더라면 K의 인생은 달라지지 않았을까?

스쿨 미투에 관한 뉴스들이 쏟아져 나오면 나올수록 나는 K에 대한 미안함에 자꾸만 가슴이 먹먹해졌다.

나는 K에 대한 마음의 빚을 갚고 싶었다. 지금도 어디선가 선생, 목사, 교회 오빠, 계부, 배다른 오빠, 가까운 친척이나 코치, 감독 등등 수많은 강자들에게 몹쓸 짓을 당하고도 겁에 질린 채 혼자 울고 있을 수많은 소녀들의 눈물을 닦아주고 싶었다.

"얘들아, 그건 너희들 잘못이 아니란다. 너희가 뭘 어떻게 해서가 아니라 그들이 승냥이처럼 너희를 선택한 것뿐이니 더 이상 울지 마."라며 꼬옥 안아주고 싶었다.

그렇게 〈두 소녀의 용기〉를 쓰는 동안 나는 참 마음이 아팠다. 선생에게 성추행, 성폭력을 당한 '윤지'와 '수정'이가 서로 다른 방법으로 자신이 당한 일에 맞서고 견디고 헤쳐 나가는 모습들이 너무나 가엾고 애잔해서 몇 번이나 글을 쓰다가 멈추곤 했다. 하지만 아무리 힘들어도 자신이 당한 일을 침묵 속에 묻어두어서는 안 된다는 걸 나는 이미 K를 통해서 알았기에 그 두 소녀가 용기를 내도록 이끌어야만 했다. 그들이 용기를 낼 수 있도록 도와준 담임선생님이 어쩌면 K일지도, 이 글을 쓰는 나 자신일 수도 있으니까.

그렇게 '윤지'와 '수정'이가 용기를 내자 수많은 친구들이 응원을 해 주었다.

#Me Too(나도 겪었다), #With You(너와 함께)라는 구호와 함께.

세상을 바꾸는 건 어떤 큰 힘이 아니라, 나비의 날갯짓 같은 작은 바람으로도 얼마든지 가능하다는 걸 보여주려는 듯이. 이들은 모두 서로가 서로에게 용기였다.

이제 〈두 소녀의 용기〉를 읽고 어딘가에 숨어서 침묵하고 있을 또 다른 소녀들이 용기를 낼 수 있었으면 좋겠다. 용기를 내는 순간 혼자가 아니라는 걸 알게 되고, 앞으로 살아가는 내내 움츠렸던 어깨를 활짝 펼 수 있는 자존감을 되찾게 될 테니까.

충무로 집필실에서

이 규 희

| 차례 |

01

검은 꽃

윤지는 꽃이 피고 잎이 돋아나는 4월이 이 세상에서 제일 싫었다. 사람들은 미친 듯이 꽃노래를 부르고, 방송마다 언제 벚꽃이 피는지를 주요 뉴스처럼 떠들어대는 것도 꼴 보기 싫었다. 자신은 어두컴컴한 겨울, 온기라고는 하나도 없는 얼음 땅에서 살고 있는데 사람들은 살판난 듯 꽃 타령을 해대자 자꾸만 심사가 뒤틀렸다.

점심시간이 끝나고 5교시 미술시간이 시작될 무렵이었다.

열어놓은 교실 창문으로 벚꽃 잎이 바람을 따라 날아들자 아이들은 연애편지라도 받은 듯 와아 함성을 지르며 꽃잎을 잡으려 호들갑을 떨었다.

'벚꽃 처음 구경하나?'

윤지는 짜증이 난 얼굴로 아이들을 쳐다보았다. 그런데 교실로 들어서던 미술선생마저 꽃 타령을 하였다.

"벚꽃만큼 낭만적인 꽃도 없지? 이상하게 벚꽃은 활짝 피어있어도, 하르르 질 때도 슬퍼 보인단 말이야."

미술선생은 반곱슬머리를 손으로 쓸어 넘기며 어딘가 쓸쓸한 표정을 지었다. H대 회화과를 나오고 가끔 전시회를 열며 화가로도 활동하는 선생은 답답한 공부에 얽매어 있는 여고생들에게 마치 아이돌처럼 인기가 있었다. 언제나 은은한 파스텔 톤 옷에다 넥타이 대신 머플러를 멋지게 두르고 다니는 모습만으로도 고리타분한 다른 선생들과는 달랐다.

"선생님, 이런 날 야외 수업하면 어때요?"

반장 하영이가 애교 섞인 비음으로 말했다.

"하하, 너희가 답답한 모양이구나. 오늘은 교실에서도 얼마든지 자유로운 그림을 그리도록 하자. 지금부터 자기 마음속의 봄 풍경을 그리는 거야. 바로 열일곱 살의 봄 말이다."

"치, 열일곱의 봄이면 뭐해요? 날마다 새벽별 보고 나와 오밤중에 집에 가는데요."

"이제 겨우 고1인데 입시가 코앞에 닥친 듯 벌써부터 스트레스를 팍팍 받는다고요."

"밤 10시까지 야자를 하니까 어디 갈 데도 없는걸요."

아이들은 선생의 말이 끝나자마자 다투어 투덜거렸다.

"그러니까 답답한 현실을 벗어나 너희들이 꿈꾸는 열일곱 살의 봄을 그리라는 거지. 상상만으로도 행복해지는 그런 봄 말이다."

미술선생은 특유의 부드러운 웃음을 지으며 아이들을 바라보았다. 투덜대던 아이들은 어느새 책상 위에 스케치북이며 팔레트, 붓, 물통을 가지런히 꺼내놓고는 그림을 그리기 시작하였다.

'열일곱 살의 봄, 그런 게 나한테 있기나 한 걸까.'

윤지는 우두커니 앉아서 빈 스케치북만 멍하니 바라보았다. 무심코 바라보니 아이들은 어느 틈에 스케치북에다 분홍과 연두, 보라, 파랑 등 눈이 부시게 환한 물감칠을 하고 있었다. 그림만 보고 있으면 성적이나 외모, 친구, 입시에 대한 고민 따윈 하나도 없는 듯 마냥 밝고 화사해 보였다.

윤지는 그런 색깔을 바라보는 것만으로도 구역질이 났다. 그 어떤 화려한 색깔도 자신과 어울리지 않았다.

'하긴 나 빼놓고 모두가 다 행복한지도 모르지. 온갖 꽃이 피어있는 봄날의 꽃밭처럼.'

윤지는 좀처럼 붓을 들지 못했다. 문득 어젯밤 일이 떠올랐다. 하긴 어젯밤뿐만 아니라 늘 있는 일이어서 새롭지도 않건만 왜 매번 당할 때마다 수치심과 치욕스러움, 분노가 가슴 가득 차오르는지 알 수 없었다. 그런데도 더 참을 수 없는 건 자신이 아무것도 할 수 없다는 무력감이었다.

밤늦게 집으로 들어온 아빠는 늘 그렇듯 이미 술에 잔뜩 취해 있었다. 멀쩡한 정신으로 들어온 아빠를 본 적이 언제인지 까마득했다. 현관문을 벌컥 열고 들어오는 아빠와 함께 집안 가득 시큼한 술 냄새와 땀 냄새가 따라 들어왔다.

"언제 들어왔어? 오늘도 그놈이 태워다 줬나, 엉?"

아빠는 비틀거리는 몸으로 들어서자마자 엄마에게 시비를 걸었다. 또 시작이었다. 하루가 멀다 하고 아빠의 발작은 시작되었다.

"태워다 주긴 누가 태워다 줘요. 여보, 제발 넘겨짚지 말아요."

집 근처 푸른 마트 식품 코너에서 일하는 엄마는 어느 날 물건을 납품하러 왔던 S식품 김 과장의 차를 얻어 타고 집 앞까지 왔다. 하필이면 그날따라 일찍 들어오던 아빠가 그 광경을 본 후 툭하면 엄마를 두들겨 패며 의심하였다.

"그래, 그놈이랑 어디 갔다 왔어? 나 같이 능력 없는 놈보다 그놈이랑 있으니까 좋았어? 이년아, 어서 말해! 그놈 옆에서 히히덕거리며 웃는 걸 보니 이미 보통 사이가 아니더구만. 이 개 같은 년아, 그러고도 네년이 시치미 뚝 떼고 있는 거야? 에이, 씨발 년, 오늘 너 죽고 나 죽자!"

아빠는 몸도 제대로 가누지 못하면서 엄마를 향해 주먹질 발길질을 시작하였다.

"여보, 제발 이제 그만해요, 그만하라고요! 김 과장은 나하고 아무 상관이 없다고 몇 번이나 말했어요. 그날 딱 한 번 지나가는 길에 집 앞까지 나를 데려다준 것뿐이라고요, 으흐흑!"

엄마는 아빠의 매질을 온몸으로 받아내며 흐느꼈다.

"으으으!"

아빠가 엄마에게 주먹을 휘두를 때마다 윤지도 온몸에 통증을 느꼈다.

윤지는 핸드폰을 들어 몇 번이나 112에 전화를 하려다가 그만 두었다.

얼마 전, 엄마를 때리는 아빠를 보다 못한 윤지는 몰래 경찰에 가정폭력으로 신고를 하였다. 법의 힘을 빌어서라도 엄마와 윤지가 보호를 받을 수 있기를, 아빠의 나쁜 버릇이 고쳐지기를 바라면서.

그런데 참 이상한 일이었다. 경찰이 찾아오자 엄마는 시푸르뎅뎅한 얼굴을 한 채 배시시 웃으며 말했다. 억지웃음을 짓느라 입술은 삐뚤어지고 눈에는 눈물이 그렁그렁 한 채였다.

"별일 아닙니다. 우리 딸이 오해한 겁니다. 그저 속상한 일이 있어서 잠시 언성을 높인 것뿐이에요. 그러니 그냥 돌아가 주세요, 어서요."

엄마는 서둘러 현관문 밖으로 경찰을 밀어내려 애썼다.

"아주머니, 정말 괜찮은 겁니까?"

경찰이 걱정스런 얼굴로 물었다.

"그럼요. 아무 걱정 말고 돌아가세요."

엄마는 아예 현관문을 닫을 기세였다.

"애야, 정말 괜찮은 거니?"

고개를 갸웃하던 경찰은 미심쩍은 얼굴로 윤지를 바라보았다. 거실 구석에서 아빠가 윤지를 송곳처럼 날카로운 눈빛으로 노려보았다. 윤지는 서슬에 눌려 아무 말도 할 수 없었다. 그저 경찰을 향해 그렇다는 듯 고개만 끄떡였다.

"저, 아버님, 아무리 화가 나도 폭력은 안 됩니다. 가족이라도 폭력을 휘두르는 건 법으로 위반이지요. 그럼, 어머님과 따님 말만 믿고 갈 테니 다시는 이런 일 벌이지 마십시오."

경찰은 그냥 가기가 뭐했는지 술에 취한 아빠에게 한마디 충고를 해주고 떠났다.

경찰이 가자마자 아빠는 윤지를 가만두지 않았다.

"이 나쁜 년, 니가 애비를 경찰에다 신고해? 네년이 누가 벌어다 주는 돈으로 잘 먹고 잘사는데 나한테 그런 짓을 해? 이런 싸가지 없는 년, 배은망덕한 년!"

아빠는 성난 승냥이처럼 달려들어 윤지를 때리고 짓밟았다. 고작 9평짜리 낡은 빌라에서 그것도 월세로 살고 있으면서도 아빠는 고급 아파트에서 떵떵거리며 살게 해 준 듯 당당했다.

윤지는 아빠가 손찌검과 폭행을 퍼부을 때마다 몸이 아픈 것보다 마음이 갈갈이 찢어지는 기분이었다. 상처에다 소금물을 붓듯 쓰라리고 아팠다.

'아, 빨리 어른이 되었으면! 어서 이 집을 탈출했으면!'

윤지는 매를 맞으면서 속으로 간절히 빌고 또 빌었다. 하지만 아직 윤지는 지겨운 열일곱 살이었다. 이것도 저것도 할 수 없는 나이, 무얼 하려 해도 부모의 동의서가 필요한 어중간한 나이였다.

날뛰던 아빠가 지쳐서 잠이 들자 그때서야 집안에 간신히 평화가 찾아왔다.

"미안하다. 어떻게든 너만은 내가 막아주고 싶었는데 갈수록 네 아빠의 술주정이 심해지는구나. 하지만 윤지야, 네가 이해하렴. 아빠가 지금 너무 힘들어서 그런 거야. 그러니 우리가 참자, 응? 난 어떻게든 이 가정을 지키고 싶어. 비록 허깨비 같아도 너에게 온전한 가정을 갖게 해 줄 거야. 그러니 제발 참아, 응?"

엄마는 울고 있는 윤지를 안고 애원하였다. 어려서 부모를 잃고 친척집을 이리저리 돌아다니며 신데렐라처럼 구박을 받고 자란 엄마에게 이 가정은 반드시 지켜야 할 신앙이었다. 아무리 남편의 폭력에 시달려도 그건 반드시 붙잡고 지켜내야 할 궁전이었다.

오늘도 핸드폰을 들어 몇 번이나 112에 전화를 하려던 윤지는 그날을 떠올리자 차마 번호를 누를 수가 없었다.

"으으윽! 망할!"

윤지는 핸드폰을 침대 위에 집어던진 채 두 귀를 틀어막았다. 하지만 옆방에서 벌어지는 일들은 아무리 귀를 막아도 생생하게 들려왔다. 엄마의 울음소리는 윤지의 가슴을 후벼 팠다. 행패를 부리던 아빠가 곯아떨어진 뒤에도 엄마의 흐느낌은 계속되었다.

'개떡 같은 세상, 티비를 틀면 온 세상 사람들이 다 잘 먹고 잘 사는 것처럼 보이는데 왜 우리 집만 이 모양일까?'

윤지는 흐르는 눈물을 닦을 생각도 않은 채 분노에 떨었다. 행복했던 기억을 찾으려 했지만 그건 너무 까마득한 옛날이었다. 한때 아빠도 꿈이 있었고, 그 꿈으로 가족을 먹여 살리며 행복한 저녁을 보내던 날이 있었다. 공고를 나와 목공예를 하던 아빠는 손재주가 아주 좋았다. 가구점에서 일을 하던 아빠는 자신의 솜씨만 믿고 있는 돈 없는 돈 다 끌어모아 자신만의 가구점을 열었다. 제법 예술적인 안목이 있어서인지 단골들도 생기고 아빠가 만든 의자나 탁자, 책상 같은 가구들은 제법 쏠쏠하게 팔려나갔다. 하지만 언젠가부터 우리나라에 값싼 중국산 가구가 시장을 잠식하더니, 유럽의 유명 대기업이 대형매장을 열고는 산뜻하고 편리하고 모던한 생활가구들을 대량으로 팔기 시작하였다. 중산층들은 너도나도 그 쪽으로 몰려가고, 돈이 많은 부자들은 국제대회나 아트페어에서 수상한 유명 디자이너가 만든 가구만을 찾는 추세였다. 아빠의 가구는 이도 저도 아니어서 고객의 입맛을 맞추지 못했다.

"젠장, 사람들이 정말 웃긴다니까. 내가 아무리 튼튼하고 쓰기 편한 가구를 만들어도 다들 유명 브랜드나 유명 작가가 만든 것만 찾는다니까!"

결국 아빠의 작은 가구점은 점점 적자를 면치 못하더니 급기야는 자재 공장에 불까지 나는 바람에 아빠는 하루아침에 모든 걸 다 잃었다.

그즈음부터였다. 가구점을 접고 목수가 되어 집 짓는 공사판을 돌아다니게 된 아빠는 하루가 다르게 변해갔다. 지킬 박사가 하이드로

변하는 깃처럼 술만 마시면 눈 깜짝할 사이에 괴물이 되어갔다.

아빠는 툭하면 욕설을 퍼붓고 술을 마시기 시작하였다. 게다가 술만 마시면 난폭해져서 닥치는 대로 살림을 때려 부수더니 급기야는 엄마와 윤지에게까지 손찌검을 시작하였다.

사람이 어떻게 한순간에 그렇게 변할 수 있단 말인가. 아빠가 잃은 건 꿈과 희망, 재산뿐이 아니었다. 인간의 기본적인 자존심, 예의, 배려, 도덕심까지 다 잃고 이젠 의처증까지 생긴 모양이었다.

"에이, 씨팔, 이따위 세상 다 뒤집어엎을 거야!"

아빠는 술만 마시면 분노에 차서 소리쳤다. 하지만 세상을 뒤집어엎을 거라고 소리소리 지르던 아빠가 뒤집어엎는 건 고작 힘없는 엄마와 윤지, 살림살이들이었다. 아빠는 눈에 띄는 대로 이유도 없이, 별거 아닌 일로 꼬투리를 잡아서 집안 살림을 부수고, 엄마와 윤지를 때렸다. 그런데도 윤지는 감히 아빠에게 대들지 못했다. 그랬다간 아빠의 폭행은 더욱 심해질 테고 정말로 눈이 홱 돌아서 엄마와 윤지를 죽일지도 모른다는 두려움 때문이었다.

윤지는 할 수만 있다면 마녀가 되어서라도 아빠를 이 세상에서 사라지게 하고 싶었다. 아무리 사업이 망하고 노동판에 뛰어들어 힘들게 하루하루 산다고 해도 모든 아빠들이 다 똑같지는 않을 터였다. 그런데 왜? 태어날 때부터 금수저도 아니었으면서, 찢어지게 가난한 집 장남으로 태어나 겨우 공고에서 디자인을 배워 가구를 만들며 소박하게 살고, 평생 누구 앞에서 거들먹거려본 기억도 없으면서 왜 엄마와 윤지에게만 제왕처럼, 폭군처럼 구는지 알 수 없었다. 가난하다고, 가진 게 없다고 다 아빠처럼 폭군이 되진 않을 터였다.

어젯밤 일을 떠올리던 윤지는 가슴속에서 뜨거운 분노가 치솟았다.

'열일곱 살의 봄을 그리라고? 그래, 좋아, 나의 열일곱 살이 어떤지 그리면 되지 뭐.'

윤지는 마침내 그림을 그리기 시작하였다. 검은색 물감을 주욱 팔레트에 짜서는 물에 적신 붓으로 스케치북 위에 크고 둥근 검은 꽃들을 마구 그렸다. 둥글둥글한 검은 꽃과 검은 줄기와 검은 잎새들이 스케치북 위에 마구 피어났다. 붓에서 물감이 뚝뚝 떨어져서 스케치북은 온통 크고 작은 검은 꽃송이 천지였다. 그 순간 윤지는 갑자기 가슴속에서 알 수 없는 희열이 느껴졌다. 거칠게 마구 붓질을 할 때마다 아빠의 폭행과 폭언, 숨 막히는 두려움에서 벗어난 느낌이었다.

검은색은 자꾸만 윤지에게 속삭였다.

'어서 더 그려봐, 더 진하게 더 까맣게, 더 어둡게. 악마의 목구멍처럼 더 깊게!'

윤지의 붓놀림은 마치 춤추듯 스케치북 위를 날아다녔다. 검은 물감을 바르고, 바르고, 또 바르고. 얼마나 그림을 그리고 있었을까, 한순간 교실이 조용해지고 모든 아이들이 윤지를 의아한 얼굴로 바라보고 있었다. 윤지는 그때서야 자기가 뭘 그렸는지 깨달았다. 스케치북은 온통 연탄처럼 검은 꽃들로 뒤덮여있었다.

"어머, 쟤 좀 봐! 대체 저게 뭐야? 검은 꽃이라니!"

"신윤지의 열일곱 살은 저렇게 까만색인가 보지 뭐."

몇몇 아이들의 빈정거림이 들려왔다.

윤지는 순간 속으로 발끈 화가 났다.

'이게 어때서? 그림이란 원래 자기 맘대로 그리는 거 아니야? 내 맘대로 부모도, 집도 바꿀 수 없는데 이깟 그림 하나마저 내 맘대로 못 그려?'

오기가 생긴 윤지는 아이들이 보든 말든 더욱 과감한 붓놀림으로 검은색을 칠해 나갔다. 그 안에 분노와 미움과 억울함을 다 토해내 듯이.

어느 틈에 미술선생도 윤지 옆으로 다가왔다. 선생은 한참 동안 윤지의 그림을 들여다보았다. 한 번도 누군가에게 관심을 받아본 적 없는 윤지는 선생이 옆에 바짝 붙어 서서 그림을 들여다보자 어쩐지 마음이 불편했다. 보나 마나 왜 이렇게 검은 꽃을 그렸냐고 캐물을 게 뻔했다.

'에이, 정말 짜증 나.'

윤지는 선생이 계속 옆에 서 있는 게 어색한 나머지 검은 물이 주르르 흐르는 스케치북을 탁 덮으려 하였다. 그때 선생이 얼른 윤지의 손을 막으며 스케치북을 덮지 못하게 하였다.

"야아, 1학년 3반에 장 미셸 바스키아가 있었네! 이렇게 검은 꽃을 화려하고 자유롭게 그리다니! 멋지다, 멋져! 자기의 내면을 확실하게 보여준 그림이야!"

선생은 윤지의 그림을 보며 마구 칭찬을 하였다.

"그 그림이 그렇게 잘 그린 거예요? 정말로요?"

강세정이가 빈정대듯 입을 삐죽였다. 누군가 칭찬받는 걸 못견뎌 하는 아이였다. 특히 장차 미대에 가려고 홍대 앞에 있는 입시학원에서 그림을 배우고 있는 세정이는 자기보다 윤지가 칭찬을 받자 자존심이 상한 모양이었다.

"그럼, 잘 그렸지. 무엇보다 개성이 뚜렷하잖아. 그림에서 강력한 에너지가 마구 뿜어져 나오는걸. 그림은 이렇게 남과 다른 자기만의 스타일을 보여주는 거란다."

선생은 여전히 윤지의 그림을 들여다보며 말했다.

"그런데 선생님, 장 미쉘 바스키아가 누구예요?"

미아가 궁금하다는 듯 물었다.

"장 미쉘 바스키아는 검은 피카소로 불릴 만큼 아주 독특하고 자유로운 그림을 그린 화가란다. 뉴욕의 허름한 거리나 지하철에다 낙서 그림(그라피티)을 그리고, 죽음과 자전적인 이야기, 만화, 흑인영웅 등 다양한 그림을 그려서 유명해졌지. 안타깝게도 27살의 나이로 요절을 하였지만 지금까지도 많은 사람들에게 영향을 주고 있는 천재적인 작가란다. 시와 그림, 이미지를 통해 사회에 뿌리내린 권력과 인종차별주의를 비판하는 메시지를 담아냈거든."

"아니 그렇게 유명한 작가를 신윤지랑 비교하시는 거예요? 정말 어이없다! 그럴 줄 알았으면 나는 빨간 꽃으로만 그릴걸."

세정이의 날카로운 목소리가 윤지의 마음을 찔러댔다.

"신윤지의 검은 꽃 그림에는 바스키아처럼 슬럼가에 사는 10대들이 그린 낙서에 담긴 특유의 반항 의식이 엿보였단다. 열일곱의 봄이라고 해서 모두 다 화사하고 화려한 색을 쓸 필요는 없는 거니까. 이 그림에서는 화려하지는 않지만 누구보다 답답하고 불확실한 열일곱 살의 내면을 잘 나타내고 있고."

선생의 계속되는 칭찬은 윤지에게 낯설고도 낯설었다.

사실 윤지는 어릴 때부터 딱히 잘하는 게 없었다. 공부도 그저 중간, 체육이나 그림, 음악, 그 어느 분야에서도 단 한 번도 상장을 받아보지 못했다. 그러니 무언가 되고 싶다는 꿈조차 없었다. 하긴 꿈을 꾸기에는 모든 상황이 사치였다. 그저 하루를 묵묵히 견디고 또 견디는 것만이 윤지가 바라는 일이었다. 딱 한 가지 윤지가 바라는 꿈이 있다면 그건 아빠가 없는 세상으로 달아나고 싶다는 것뿐이었다. 그곳이 어디인지 몰라도, 아무리 먼 곳이어도 갈 수만 있다면 그곳으로 떠나고 싶은 게 바로 윤지의 꿈이었다. 그래서일까 윤지는 툭하면 고주망태가 되어 욕설과 폭력을 휘두르는 아빠도, 매를 맞으면서도 그게 무슨 동아줄이라도 되는 양 가정을 지키려 안간힘을 쓰는 엄마도 없는, 아주 멀고 먼 낯선 도시로 떠나는 상상을 하곤 하였다.

'어디가 서울에서 제일 먼 곳일까?'

어느 날 윤지는 둥근 지구본을 돌리고 돌리다가 남아프리카공화국을 손으로 짚어보았다. 아프리카 최남단에 있는 나라, 그곳에서 윤지는 어느 틈에 요한네스버그를 지나 킴벌리를 지나 뉴웨브 산맥을 넘어 월로우모어를 지나 마침내 지구의 끝 케이프타운까지 갔다. 희망봉이 있는 그곳에 가면 희망이라도 생기지 않을까, 하는 헛된 상상을 하며. 그러다가 어느 날은 중국의 넓고 넓은 땅덩어리 중에서 가장 한국에서 멀고 먼 어느 북방 도시를 헤매고, 또 어느 날은 몽골 초원을 지나 멀리 러시아 땅으로 가서 눈 덮인 벌판을 개썰매를 타고 달리는 상상을 하곤 하였다. 그렇게 상상여행이라도 하고 나면 자기도 모르게 가슴이 뻥 뚫리고 자유로움을 느꼈으니까.

그런데 뜻밖에도 검은색 물감으로 마구 그림을 그리며 마치 상상여행을 할 때처럼 자유로움을 느꼈는데, 선생의 칭찬까지 받자 윤지는 갑자기 얼떨떨해졌다.

"신윤지, 방과 후에 미술실로 좀 오렴."

수업 종이 울리자 선생은 나가면서 윤지를 보며 말했다.

"우와, 신윤지, 좋겠다. 선생님이랑 단독 데이트를 하고."

성희가 부러운 듯 소리쳤다. 성희는 반 아이들 중에서 누구보다 미술선생을 좋아하는 아이였다. 인터넷에서 선생님의 이름을 검색하곤 선생이 어느 갤러리에서 개인전을 했고, 어떤 단체에서 그룹전을 했는지, 어느 나라 아트페어에 나갔었는지, 작품에 대해 어떤 기사가 실렸는지 등등 선생에 대해서는 모르는 게 없는 아이였다.

"김시준 선생이 그린 그림은 추상미술에 속하는 거래. 우리나라 중견 화가들 중에서 아주 유망한 사람이라고 나와 있더라. 아, 나의 쌤,

정말 멋지다!"

성희는 연극배우처럼 두 손을 위로 올린 채 오버 액션을 하였다.

"윤지야, 미술실에 가면 내 얘기 좀 해줄래? 내가 쌤의 열렬한 팬이라고 말이야."

성희는 눈을 찡끗하며 윤지를 바라보았다. 윤지는 대답 대신 그저 빙긋 웃었다.

'왜 나를 부르는 거지?'

윤지는 남은 수업 시간 내내 궁금증을 떨쳐버릴 수가 없었다. 미술선생에 대해 아무런 관심도 없을뿐더러 담임이 아닌 학과목 선생을 따로 만날 만큼 친한 선생도 없어서 더 마음이 불편했다.

윤지는 수업이 다 끝나고 방과 후 수업이 시작되기 전에 무거운 마음으로 미술실이 있는 5층으로 올라갔다. 어쩐지 미술선생에게 자신의 속마음을 들킨 것 같아 계단을 올라가는 내내 발걸음이 무거웠다.

'보나 마나 왜 그렇게 검은 물감으로 그림을 그렸느냐고 묻겠지. 집에 무슨 일이 있느냐, 아니면 친구들 사이에서 무슨 문제가 있느냐, 아니면 다른 고민거리라도 있느냐 하면서. 하지만 술주정뱅이 아빠한테 툭하면 얻어맞고 산다는 걸 어떻게 솔직하게 말한단 말인가.'

윤지는 미리 마음의 빗장을 단단히 닫은 채 미술실 문을 두드렸다.

"들어와!"

미술선생의 목소리가 들려왔다. 윤지는 떨리는 마음으로 손잡이를 돌렸다. 책상 앞에 앉아 무언가를 하던 선생이 어서 오라는 듯 손짓으로 윤지를 불렀다. 쭈뼛쭈뼛 안을 들어가자 무언가 너저분하게 놓인 미술실 풍경이 눈에 들어왔다. 탁자에는 반쯤 썩은 사과며 바나나, 배가 놓여있고, 꽃병에 아무렇게나 꽂혀있는 시든 꽃도 보이고, 높은 좌대 위에는 여러 가지 형태의 석고상들이 눈에 들어왔다. 그 사이사이로 미술반 아이들이 쓰는 이젤, 캔버스들이 보이고 시멘트 바닥에는 얼룩덜룩 물감 자국이 묻어있었다.

'미술실은 원래 이렇게 지저분한가 보다.'

윤지는 흐트러진 채 아무렇게나 놓인 물건들을 보자 어쩐지 긴장했던 마음이 조금 풀어졌다.

"이쪽으로 와서 앉으렴."

선생은 책상 옆에 있는 의자 하나를 가리켰다. 윤지는 낯선 방문객처럼 뻘쭘하게 의자에 앉았다. 선생의 책상도 지저분하기는 마찬가지였다. 여러 화집이며 잡지, 팸플릿, 붓, 연필들이 어지럽게 놓여 있었다. 흘깃 보니 책상 위에 놓인 사진틀이 보였다. 그 속에는 선생과 그 부인, 그리고 초등학생과 중학생으로 보이는 딸과 아들, 네 식구가 환하게 웃고 있는 가족사진이 보였다. 온 가족이 해맑게 웃는 걸 보자 윤지는 자기도 모르게 입가에 가만히 미소가 번졌다.

"미술실에 처음 와 보지?"

"네."

윤지는 얼른 사진에서 눈을 떼며 대답했다.

"미술반 아이들이 여기서 그림을 그린단다. 하지만 매주 금요일은 여길 개방하지 않아. 그날 하루만이라도 내 작업을 하고 싶어서."

선생은 묻지도 않았는데 자상하게 설명해주었다.

"자, 여기 앉으렴. 그냥 아까 네 그림을 보고 너무 신선한 충격을 받아서 너를 한번 보고 싶었다. 혹시 초등학교나 중학교 때 그림 잘 그린다는 소리 들어본 적 있니? 상을 받았다거나."

"아니요. 한 번도요."

윤지는 자기도 모르게 멋쩍게 웃었다. 다행히 선생은 윤지에게 미술시간에 왜 그런 그림을 그렸느냐고 꼬치꼬치 따져 묻지 않았다. 윤지는 그것만으로도 마음이 놓였다. 구질구질한 자신의 삶을 선생에게 말하지 않아도 되니까.

"하긴 어려서부터 재능이 있던 사람들보다 뒤늦게 우연히 자신의 재능을 발견하고 그림을 시작한 화가들도 꽤 있단다. 혹시 그림 그려볼 생각 없니? 네 그림을 보니 상상력이며 표현력이 아주 풍부해 보이더구나. 아까 수업 중에도 말했지만 뉴욕 할렘 가에서 자란 흑인 화가 장 미쉘 바스키아 그림에서 느껴지던 자유로움과 반항정신도 엿보이고. 마치 캔버스에 반란을 꾀한 기분도 들고."

"저는 그림에 대해 아무것도 모르는데요……. 미술반도 아니고요……."

윤지는 말끝을 흐렸다. 하지만 금방 자신이 얼마나 대답을 잘 못했는지 깨달았다. 그림을 그리고는 싶지만 미술반이 아닌데 어떻게 여기 나와 그릴 수 있느냐는 속마음이 담긴 대답이었으니까. 선생은 역시 윤지의 마음을 간파한 모양이었다.

"여기 나와서 그림을 그리면 미술반이지 뭐. 시간 있을 때마다 나와서 그리렴."

선생은 아무렇지 않게 제안을 하였다. 하지만 윤지는 선생의 배려가 썩 내키지 않았다.

'내가 지금 그림을 그릴 처지인가. 그림을 그리려면 스케치북이며 물감 같은 재료비도 만만찮게 들 텐데. 우리 형편에 어림없어. 그리고 미술반 아이들이 보면 어떻게 생각하겠어? 실력도 없는 게 괜히 와서 얼쩡거린다고 빈정거릴 게 뻔해.'

윤지는 그제야 정신이 번쩍 들었다.

"아니에요, 저는 미대 갈 생각 없어요. 그림에 소질도 없고요, 다른 아이들한테 피해 주기도 싫고요."

윤지는 완강하게 대답했다.

"혹시 미술반 아이들이 마음에 걸려서 그러는 거라면 일단 금요일마다 와서 혼자 그려도 좋아. 몇 번 그려보면 네게 소질이 있는지 없는지도 알게 될 테고. 어떠냐, 지금까지 십 년이 넘게 아이들을 가르쳤지만 너처럼 특이한 아이는 처음이란다. 한번 나와서 네 개성을 발휘해보렴. 혹시 아니, 너도 모르는 그림 실력이 네 안에 숨어있을지?"

윤지는 선생이 무슨 말을 하는지 몰라 고개를 들어 빤히 쳐다보았다. 누군가 자신의 내면을 들여다보고 무언가를 해보라고 제안을 해 온 건 처음이었다. 칭찬을 받은 것도 기억이 가물가물했다.

"그럼, 이번 금요일부터 나오는 거다."

선생은 숨겨진 원석이라도 찾은 듯 들뜬 얼굴이었다.

"그, 그래도 돼요?"

윤지는 자기도 모르게 조심스럽게 물었다.

"그럼, 되고말고! 우선 이번 금요일부터 미술실로 오렴. 내가 기초를 가르쳐 줄 테니. 그런 다음에 미술부 아이들하고 같이 그리면 되니까."

"네, 그, 그럴게요."

미술실을 나온 윤지는 가슴이 뛰었다. 누군가가 구렁텅이에 빠져있는 자신의 손을 잡아준 느낌이었다.

'정말 나한테 그림에 대한 소질이 있기나 한 걸까? 그래도 쌤이 날오라고 했으니 가봐야지. 어쩌면 나에게도 쌤의 말처럼 숨겨진 재능이 있을지도 모르잖아.'

윤지는 정말 몇백 년 만에 희미한 빛 하나가 가슴으로 날아온 듯기분이 좋아졌다. 야자 시간에도 자꾸만 공부에 집중이 안 되고 미술시간에 그린 검은 꽃과 선생의 칭찬 그리고 미술실에서 나눈 이야기들이 귓가에 맴돌았다. 딱히 달라질 것 없는 답답한 생활, 캄캄한 암흑 속에 아주 가느다란 한 줄기 빛이, 신선한 바람 한 점이 찾아온 듯마냥 설렜다.

"윤지야, 같이 가자."

야자가 끝나자 미아가 문 앞에서 기다리고 있었다. 친한 친구가 별로 없는 윤지에게 미아는 유일한 친구였다. 그것도 같은 동네에 살아서 오다가다 자주 만나다 보니까 어쩌다 친해진 거지만 미아는 윤지와 달리 밝고 명랑해서 만날수록 기분이 좋아지는 아이였다.

"아까, 너 좀 멋지더라. 검은 꽃을 그리다니. 네가 그렇게 용기 있는 아이인 줄 몰랐어."

"그게 무슨 용기니. 그냥 사람들이 하도 꽃 타령을 하기에 괜히 삐딱해져서 검게 칠해본 건데 뭘."

윤지는 속마음을 들킨 듯 움찔하였다. 미아에게조차 집안일을 철저하게 숨기고 있던 터였다. 아빠에게 툭하면 매를 맞고, 지지리도 가난하고 궁상맞은 생활에 대해 어떻게 말을 한단 말인가. 미아 아빠는 대기업에 다니고 엄마도 광고회사에서 일을 한다는 걸 알고 나서는 더욱더 집안 이야기를 비밀에 부쳤다. 더군다나 미아네 집은 윤지네 집으로 가는 길옆 반듯한 평지에 날아갈듯 서 있는 2층집이었다.

어느 날 윤지는 시멘트로 된 미아네 집 외관을 보며 고개를 갸우뚱하고 물었다.

"너희 집 아직 공사 중이니?"

"크크, 저 집을 지을 때 노출 콘크리트로 기법이 유행이었대. 엄마가 아는 유명 건축가가 설계한 집인데 우리 엄마의 자부심이 아주 대단하단다. 뭐 일본의 유명 건축가 안도 다다오가 설계한 건물들도 다 저런 노출 콘크리트로 되어 있다나. 내가 보기에도 꼭 짓다 만 집 같은데."

미아는 천연덕스럽게 웃었다. 그렇게 구김살 없는 미아에게 윤지는 도저히 집안 사정에 대해 말할 수 없었다. 어느 날 윤지가 얼굴에 푸르스름한 멍을 달고 나오자 미아가 놀라서 물었을 때도 잠결에 방을 나오다가 모서리에 부딪힌 거라며 둘러댔다.

"그래서 미술 쌤이 뭐래?"

"응, 일주일에 한 번 미술실에 나와서 그림을 그려보라고. 그래서 그냥 알았다고 했어. 혹시 누가 아니? 나한테도 피카소나 고흐의 끼가 흐르고 있을지."

"아이고, 윤지야, 너 나가도 너무 한참 나갔다. 아무튼 잘 됐다. 뭐든지 잘할 수 있는 걸 찾는 건 중요하니까. 나는 요즘 엄마 아빠 몰래 쭌이 만나느라고 바쁘지만. 윤지야, 있잖아, 쭌이가 이번 주말에 나하고 같이 홍대 쪽으로 놀러 가자고 했어."

요즘 미아는 수학 학원에서 만난 미래 고교 1학년 차영준에게 홀딱 빠져서 정신이 없었다.

"넌 걔가 그렇게도 좋으니?"

"당근이지! 나는 이때까지 솔로였잖아. 쭌이를 학원에서 본 순간 첫눈에 마음에 들었다니까. 그래서 쭌이가 나한테 전번 묻자마자 얼른 가르쳐줬지. 다른 여자애들이 가로채기 전에 말이야. 우리 엄마 아빠가 알면 난 그날로 죽음이지만 말이야."

미아는 풍선처럼 잔뜩 들떠 있었다. 말끝마다 쭌이, 쭌이 하며 노래를 불렀다.

"근데 윤지야, 넌 좋아하는 남자아이 없어?"

"그래, 없다, 없어. 네가 한 명 소개해 주려고?"

"정말? 쭌이 친구 중에 괜찮은 애 있으면 소개해 달라고 할게. 우리 같이 만나서 놀면 재미나겠다."

"그러지 마. 난 남자 관심 없어. 너나 실컷 만나."

"에고, 윤지야, 내가 쭌이를 만나고 나서 알았단다. 우리 고딩들의 연애가 이렇게 힘든 줄! 도대체 어딜 가려고 해도 갈 데가 없어. 기껏 해야 오락실이나 패스트푸드점, 노래방에 가는 게 고작이야. 어떤 아이들은 록카페 같은 데도 간다는데 난 아직 거기까지는 좀 그래. 그래서 우리 이번 주에 홍대 쪽으로 갈 거야. 거기 가면 예쁜 카페들이 많대. 헤헤, 우리 쭌이랑 맛있는 것도 먹고 거리도 막 돌아다닐 거야. 참 그런데 윤지야, 이 틴트 색깔 어떠니?"

미아는 갑자기 불빛이 환한 가게 앞으로 나오자 입술을 쭉 내밀었다. 요즘 아이들 사이에서 유행하는 촉촉해 보이고 반짝반짝 거리는 분홍빛 틴트였다.

"이쁘다. 화사하고."

"너는 왜 화장 안 하니? 요즘 너처럼 쌩얼로 다니는 아이들이 어디 있다고. 널 보면 그냥 촌티가 팍팍 난다니까. 내가 쓰던 틴트랑 볼터치 하나 줄까?"

"됐어. 너처럼 남자친구도 없는데 화장은 무슨."

윤지는 심드렁하게 대답했다.

"이럴 때 보면 넌 마치 인생 다 산 애늙은이 같아. 화장을 하고 다녀야 남자 친구가 생길 거 아니야! 아무튼 잘 가!"

미아는 집 앞까지 오자 툴툴거리며 인사를 하였다.

혼자가 된 윤지는 터덜터덜 언덕길을 올라갔다. 월세가 싼 집을 찾다, 찾다 얼마 전에 이사 온 동네였다. 산이 가까워서인지 4월인데도 밤공기가 서늘하였다.

'오늘 밤은 무사히 보낼 수 있으려나.'

집이 가까워오자 윤지의 발걸음은 천근만근 무거웠다. 그때 집 근처를 서성이며 윤지를 기다리는 엄마가 보였다.

"왜 나와 있어? 아빠가 또……?"

윤지는 말끝을 흐렸다.

"아니 그런 게 아니고 아빠가 지금 소주를 마시고 있는데 곧 잠이 드실 거야. 조금 기다렸다가 그때 들어가자."

엄마는 아빠의 행패가 윤지에게까지 미치는 걸 되도록 막아 주려 길목을 지키고 있었다. 그 순간 윤지는 와락 엄마에 대한 짜증이 났다.

"엄마, 언제까지 이렇게 살 거야? 그냥 아빠랑 이혼하면 안 돼? 그럼 나도 엄마도 이 지옥 같은 생활에서 벗어날 수 있잖아. 엄마가 마트에서 일하고 나도 대학 따윈 안 가고 아르바이트라도 해서 돈 벌게. 엄마랑 둘이 살면 지금보다 백배 천배 마음 편하게 살 수 있을 거야. 그래, 엄마, 우리 이쯤 해서 아빠를 버리자. 응?"

윤지는 엄마를 보며 애원하였다.

"미안하다, 미안해. 아무리 그래도 난 네 아빠를 버릴 수 없어. 불쌍하잖아. 네 아빠도 살려고 그러는 거야, 살려고."

"뭐라고 엄마? 아빠가 살기 위해 우릴 때리는 거라고? 그게 무슨 개떡 같은 소리야? 자기가 살려고 엄마와 나한테 폭행을 퍼붓는 게 말이 돼? 그런 알콜 중독자 아빠랑 살 바에는 차라리 집을 나가버리고 말 거야! 엄마도 아빠도 없는 아주 먼 곳으로 도망갈 거라고!"

윤지는 마구 소리치며 울었다.

그러는 동안에도 어디선가 향긋한 꽃향기가 밤공기를 타고 날아왔다. 빌어먹을 4월의 꽃향기였다.

02

미술실에서 눈물이 터지고

'1학년 3반에 장 미셸 바스키아가 있었네!'

칭찬은 고래도 춤추게 한다던가, 그날 미술선생의 칭찬을 듣고, 미술실에서 만나 이야기를 나눈 후 윤지는 자기도 모르게 자꾸 선생의 말을 떠올렸다. 사실 선생이 그 말을 할 때까지 윤지는 바스키아가 누군지 몰랐다. 아는 화가라고는 기껏해야 반 고흐, 모네, 마네, 피카소, 르노아르 등 사람들 입에 많이 오르내리는 유명한 사람들뿐이었다. 그런데 그날 이후 장 미셸 바스키아라는 사람에게 부쩍 관심이 생겼다. 컴퓨터를 켜고 '장 미셸 바스키아'를 검색해 본 후 더욱 그랬다.

장 미셸 바스키아는 아이티계 아버지와 푸에르토리코계 어머니 사이에서 미국 뉴욕 브룩클린에서 태어나 가난하게 자란 흑인 소년이었다. 그 소년은 어릴 적 어느 날 엄마 손을 잡고 미술관에 갔다가, 피카소의 그림을 보고 눈물을 흘리는 엄마를 본 뒤 화가가 되기로 결심했다고 한다.

'피카소의 그림을 보고 우는 엄마.'

윤지는 한 번도 본 적 없는 바스키아의 엄마를 떠올렸다. 날마다 아빠의 폭력에 시달리는 엄마보다 한결 멋지고 낭만적으로 보였다. 가난한 생활 속에서도 아들의 손을 잡고 미술관엘 갈 정도로 마음의 여유가 있었다는 얘기니까.

윤지도 초등학교 3학년 때까지만 해도 그런 행복한 시간들이 있었다. 지금은 사진첩 속에서만 남아있지만 윤지는 동물원에 가서 아빠의 어깨 위에 목마를 한 채 사자도 보고 호랑이도 보고 있었다. 사진 속의 윤지는 뭐가 그리도 좋은지 비눗방울처럼 까르르 웃고 있었다. 바다 빛처럼 파란 티셔츠를 입은 아빠도 싱글벙글, 싱그러운 초록 원피스를 입은 엄마도 긴 머리를 늘어뜨린 채 보름달처럼 웃고 있고.

그랬다. 아빠의 가구점이 망하기 전까지는 그래도 가끔은 행복한 순간들이 있었다. 아빠는 그때도 술을 좋아하긴 했지만 지금처럼 고주망태가 아니라 그저 기분이 좋을 만큼만 마셨다. 아빠가 술을 마시고 난 후 불콰해진 얼굴로 '아이고, 우리 공주님, 뽀뽀나 한 번 할까?' 하고 끌어당길 때마다 술냄새 난다며 도망을 다니던 일도 아스라이 떠올랐다. 지금은 신기루처럼 다 사라진 일들이었다.

'바스키아도 가난한 생활 속에서 자신의 꿈을 키웠구나.'

윤지는 바스키아의 삶 속에 빠져들었다. 엄마를 보며 화가의 꿈을 꿨던 바스키아는 정말로 자라서 화가가 되었다. 사람들은 어린아이가 그린 듯한 바스키아의 낙서 그림과 해부도와 같은 인체 그림, 장난스런 그림에 열광했다. 자유로운 영혼, 검은 피카소, 미술계의 제임스 딘이라며.

바스키아가 인체의 해부도를 즐겨 그린 것도 어머니의 영향이었다. 바스키아가 교통사고를 당해 팔이 부러지고 내장이 파열되어 입원을 하자 어머니는 심심해하는 아들에게 '그레이 해부학'이라는 책을 가져다주었다. 그걸 관심 있게 본 바스키아가 훗날 그림의 소재로 인체도를 즐겨 그린 것이다. 하지만 안타깝게도 검은 피카소, 바스키아는 코카인 중독으로 1988년 8월, 27세의 나이로 요절하고 말았다.

'그 짧은 생 속에서도 1000여 개의 그림과 1500여 개의 드로잉을 남겼다니!'

윤지는 컴퓨터에서 바스키아의 그림을 한 점 한 점 찾아보며 속으로 감탄하였다. 마치 이미 세상을 떠난 바스키아와 사랑에 빠진 기분이었다.

'가난과 차별 속에서도 예술은 꽃피울 수 있구나. 나도 이렇게 막막한 생활 속에서 그림을 그릴 수 있을까?'

금요일이 되자 윤지는 담임에게 미술실에 간다며 야자를 빼먹고 미술실로 올라갔다. 층계를 한 칸 한 칸 올라가는 윤지의 마음은 이상하게 두근거렸다.

'내가 정말 잘 그릴 수 있을까? 쌤이 실망하면 어쩌지?'

그림이라면 초등학교 2학년 때 한 6개월쯤 미술학원에 다닌 게 전부인 윤지는 선생의 제안을 덥석 받아들인 게 어쩐지 부끄러웠다. 하지만 이미 벌어진 일이었다.

노크를 하고 안으로 들어가자 알 수 없는 냄새가 훅 끼쳐왔다.

"어서 와. 냄새가 고약하지? 송진을 증류해서 만든 테라핀 오일 냄새란다. 유화를 그릴 때 물감에 섞어서 쓰는 거지. 자꾸 맡으면 오히려 코끝이 환해지면서 기분이 좋아진단다. 이리 와서 이 그림 좀 볼래?"

선생은 이젤 위에 캔버스를 세워놓은 채 그림을 그리다가 스스럼없이 윤지에게 말했다. 윤지는 쭈뼛거리며 선생이 그리고 있는 그림 앞으로 갔다. 캔버스에는 형태를 알 수 없는 갈색과 노랑, 빨강으로 된 그림 한 점이 그려져 있었다.

'이게 무슨 그림이지?'

윤지는 처음에는 그게 뭘 그린 그림인지 몰랐다. '김시준 선생이 그리는 건 추상미술이래.'라던 성희의 말처럼 선생의 그림은 그 형태가 불분명하였다.

"윤지야, 사람의 몸만큼 아름다운 소재는 없단다. 그래서 예로부터 수많은 화가들이 나체 그림을 그린 거지. 요즘 내가 즐겨 그리는 소재란다. 이 세상에서 여체만큼 아름다운 대상은 없거든."

선생이 설명을 해주자 그때서야 그림의 윤곽이 드러났다. 순간 윤지는 얼굴이 빨개진 채 어쩔 줄 몰랐다. 미술관이나 화집에서 나체 그림을 본 적은 있어도 이렇게 화가가 그린 걸 직접 눈으로 본 건 처음이었다. 그나마 다행인 건 선생이 그린 나체가 사실적이 아닌 추상적이라는 거였다.

"자, 그럼 시작해 볼까? 저기 의자에 앉아서 오늘은 그냥 선 긋는 연습을 한다고 생각하고 저 꽃병을 한번 그려보렴. 모든 그림은 점. 선. 면으로 이루어져 있는데 그중에서 무엇보다 데생의 시작은 선을 긋는 거지. 4B연필도 좋고, 색연필도 좋고 네가 쓰고 싶은대로 해도 좋아."

"네, 알겠습니다."

윤지는 누군가 앉았던 이젤 앞에 앉아서 스케치북을 펼치고는 4B 연필을 꺼냈다. 하지만 막상 선을 이용해 꽃병을 그리려니 어디서부터 어떻게 해야 할지 몰라 망설여졌다.

"그냥 아무 형식 없이 네 생각이 이끄는 대로 그어보렴. 내가 봐줄 테니."

선생은 두려워하는 윤지의 마음을 안다는 듯 자상하게 일러주었다.

'그래, 그까짓 거 해보는 거지 뭐.'

윤지는 마침내 연필을 들어 선을 긋기 시작하였다. 길고 가느다란 선, 구불구불한 선, 굵은 선, 쭉쭉 뻗은 선을 이용하여 꽃병의 윤곽을 그려나갔다. 하지만 처음에는 쉬워 보였는데 윤지가 그리는 꽃병은 점점 공룡처럼 크고 이상했다.

"이런, 손에 힘이 너무 들어갔구나. 네가 그린 선을 보렴. 너무 딱딱하게 경직되어 있는 게 눈에 보이지? 안 되겠다. 우선 손에 힘을 빼는 법부터 배워야겠구나. 자, 내가 시범을 보여주마."

선생은 윤지의 옆자리에 앉더니 연필을 쥔 윤지의 손을 덥석 잡았다.

'앗!'

선생의 크고 두툼한 손이 자신의 작은 손을 감싼 순간 윤지는 흠칫 놀랐다. 너무나 눈 깜짝할 사이에 일어난 일이었다. 차마 숨조차 크게 쉴 수 없었다.

'어떡하지?'

윤지는 가슴이 쿵쾅거리는 걸 들키지 않으려 마른침을 꼴깍 삼켰다. 하지만 선생은 아무렇지 않은 듯 윤지의 손을 꼭 잡은 채 스케치북 위에 연필 선을 긋기 시작하였다. 선생에게 잡힌 윤지의 손이 덩달아 춤을 추며 스케치북 위를 날아다녔다. 뻣뻣하고 삐딱하기만 하던 윤지의 선 위로 선생이 그린 선이 덧입혀지자 점점 제대로 된 꽃병의 형태가 드러났다. 아까와는 달라도 너무 달랐다. 연필 선 하나로도 꽃병을 이렇게 몽환적으로 표현할 수 있다는 게 놀라웠다.

"자, 어때? 힘을 빼니까 선이 한결 부드러워졌지?"

선생이 윤지를 보며 빙그레 웃었다. 너무나도 인자해 보이는 웃음이었다.

"데생이나 드로잉을 할 때 너무 힘이 빡 들어가면 그림이 부자연스럽단다. 참 손뿐 아니라 어깨의 힘도 쭈욱 빼고 그려야 해."

선생은 자리에서 일어나며 등 뒤에서 두 손으로 윤지의 어깨를 지

그시 눌렀다간 놓았다. 어깨의 힘을 빼라는 뜻으로.

"……네, 아, 알았어요."

윤지는 얼굴이 빨개지고 가슴이 두근거리는 걸 들키지 않으려 말을 더듬었다.

그 후로 얼마나 시간이 지나갔는지 알 수 없었다. 윤지가 스케치북 위에 선을 긋는 소리만 스윽 슥슥 들려오고, 선생이 붓질하는 소리만 들려왔다. 윤지와 선생의 침묵 속에 테라핀 오일 냄새만이 미술실 안을 가득 맴돌았다.

어느 틈에 야자가 끝나는 종이 울렸다. 윤지는 서둘러 미술도구를 정리하고 일어섰다.

"선생님, 저 갈게요."

"그래, 처음부터 잘할 수는 없단다. 매주 꾸준히 연습을 하다 보면 잘할 수 있을 거야. 드로잉은 자신의 생각을 표현해 가는 과정이거든. 다음 주에 또 오렴."

선생은 여전히 붓질을 멈추지 않은 채 무심하게 말했다.

"네, 안녕히 계세요!"

윤지는 고개 숙여 인사를 하곤 황급히 미술실을 빠져나왔다.

교실로 돌아오던 윤지는 알 수 없는 기분에 휩싸였다. 자꾸만 선생의 크고 두툼한 손이 자신의 손을 감싸던 순간이 떠올랐다. 두 손으로 묵직하게 어깨를 누르던 그 순간도. 기분이 나쁘다거나, 싫은 건 아니었다. 초등학교 때 이후로 아빠를 비롯해 그 누구도 윤지의 손을 다정하게 잡아주거나 따듯하게 안아준 기억이 없었다. 오랜만에 아빠 같은 어른이 손을 잡아주자 윤지는 이상하게 폭신폭신한 스웨터를 입었을 때처럼 아늑한 기분이 들었다. 아빠랑 환하게 웃으며 동물원에 가던 날의 기억처럼.

'미술 쌤은 참 따뜻한 분이구나. 그래서 아이들에게 인기가 있나 보다.'

윤지는 모처럼 기분이 좋아져서는 교실로 들어왔다.

"신윤지, 미술 쌤에게 특별대우를 받으니까 좋으니? 정말 어이없어. 그깟 검은 꽃 하나로 쌤의 마음을 사로잡다니. 그래, 뭐했니?"

강세정이 시샘 어린 눈으로 물었다. 야자를 하는 걸 보니 오늘은 미술학원에 가는 날이 아닌 모양이었다.

"별거 안 했어. 그냥 선 긋는 연습만 하다 왔어."

윤지는 두근거리는 마음을 숨긴 채 심드렁한 표정으로 대답했다.

"하긴 네가 무슨 실력이 있겠니. 쌤 눈이 삔 게 틀림없어."

어릴 때부터 미술 실기 대회에 나가기만 하면 상을 도맡아 타오고 일찌감치 화가의 꿈을 키워오던 세정이는 아무래도 분해 죽겠다는 듯 뾰족하게 쏘아붙였다.

"그러게. 나도 그저 얼떨떨하단다. 이번 기회에 나도 미대나 갈까, 하는 생각도 들고."

윤지도 세정이의 태도에 비위가 상해서 빈정거렸다.

"뭐어? 미, 미대나 갈까? 너, 정말, 미대가 그렇게 아무나 가는 덴

줄 아니? 실력이 뛰어나게 좋아야 하고 레슨도 얼마나 많이 받아야 하는데, 기가 막혀서 원. 하긴 뭐 무식하면 무슨 소릴 못할까?"

오늘 아무래도 세정이는 자존심이 엄청 상한 게 틀림없었다. 제 풀에 약이 올라 방방 뛰는 걸 보면. 하지만 윤지는 그런 세정이가 불쌍해 보였다. 부잣집 딸로 태어나 온실 속의 화초처럼 엄마가 짠 스케줄에 따라 시간 딱딱 맞춰 움직이는 마리오네뜨 같았으니까.

"윤지야, 입씨름할 사간 없어. 빨리 나가자. 너한테 할 말 있어."

미아가 윤지의 옆구리를 툭툭 쳤다. 보나 마나 쭌이에 대한 이야기를 하고 싶어서 조바심이 나는 모양이었다.

"너 배고프지? 우리 '불량소녀'에 가서 떡볶이 먹고 가자. 내가 쏠게."

"그거 먹이고 네 연애상담해달라고?"

"크크, 넌 역시 내 친구야. 눈치가 백 단이란 말이야. 아무튼 빨리 가자."

미아는 윤지의 팔을 잡고 어두워진 운동장을 겅중겅중 걸었다. 미아는 엄마 아빠에게 늘 용돈을 두둑이 받아서 그런지 툭하면 자기가 쏜다는 소리를 잘했다.

"그래, 좋아. 일단 먹고 보자."

윤지는 오늘은 정말 이래저래 특별한 날이라고 생각하며 미아와 함께 '불량소녀'로 들어갔다. '불량소녀'는 10시가 넘었는데도 야자가 끝나고 쏟아져 나온 누리여고 학생들로 북적였다. 아이들은 크게 틀어놓은 음악과 카페처럼 생긴 분위기, 서빙하는 오빠들의 잘생긴 얼굴에 반해서 너도나도 단골손님이 되었다. 정말이지 '불량소녀'에서 일하는 오빠들은 마치 고급 레스토랑처럼 모두 검은 티셔츠를 입고 머리에 흰 두건을 질끈 동여맨 세련된 차림으로 누리여고생들의 마음을 사로잡았다. 아이들은 그곳에 오면 공부에 짓눌린 몸과 마음이 자유로워지고 진짜 불량소녀가 된 듯 모두들 기분이 들떠 보였다.

"오빠, 우리 매운 국물 떡볶이랑 김말이, 그리고 어묵 꼬치 두 개 주세요!"

"오케이! 기분이 완전 업 되는 걸로 갖다 줄게!"

서빙하는 오빠들 중에서 아이들에게 제일 인기가 있는 서재필 오빠가 눈을 찡긋하며 말했다.

"흐흐, 윤지야, 얼마 전까지만 해도 내가 저 오빠한테 완전 빠졌었는데. 쭌이가 생기고 나니까 아무 감정이 없네. 그래서 사랑은 움직이는 건가 봐. 으악, 그런데 무슨 말부터 시작하지? 윤지야, 너, 지금부터 내가 하는 말 절대 비밀이다, 알았지?"

"아휴, 답답해. 뜸 들이지 말고 어서 말이나 해 봐."

"있잖아, 나 어제 학원 끝나고 나서 쭌이랑 우리가 잘 가는 '카페 캔디'에 가서 잠깐 만났단다. 어제가 우리 사귄 지 딱 30일 되는 날이거든. 근데 말이야, 쭌이가 가방에서 뭔가 꺼내더니 눈을 감으라는 거야. 난 두근두근하는 마음으로 눈을 감고 기다렸어. 으악, 그, 그런데……."

미아는 차마 말을 꺼내지 못하고 어쩔 줄 몰랐다.

"너 자꾸 뜸만 들일래? 그럼, 나, 간다!"

윤지도 무슨 말인지 조바심이 나서 엄포를 놓았다.

"아휴, 어떻게 말하지? 에라 모르겠다. 글쎄, 쭌이가 갑자기 내 입술에다 자기 입술을 살짝 갖다 대는 거야."

"뭐어? 그럼, 너희 키스했단 말이야? 첫 키스?"

윤지도 국물 떡볶이를 한 입 떠먹다 말고 놀라 물었다.

"그, 그게 진짜 키스가 아니고 입만 살짝 맞춘 거야. 그런데도 난 그만 기절하는 줄 알았다니까. 다른 아이들이 커플 되면 어쩌고저쩌고 한다는 말을 듣긴 했지만 나한테 막상 그런 일이 벌어지니까 가슴 속에서 팝콘이 탁탁 터지는 것처럼 두근두근하고 온몸이 전기에 감전된 듯 짜르르하는 거야."

"정말? 그래서 그다음엔?"

"그냥 거기까지뿐이야. 쭌이의 입술과 내 입술이 서로 맞닿은 거 말이야. 그런데도 난 정신이 하나도 없었어. 내가 어쩔 줄 몰라 하는 사이 쭌이가 내 손에 커플 반지를 껴줬어. 이것 봐. 나, 윤미아 인생에서 첫 커플반지야! 초등학교 때도 문방구 반지 하나 못 받았는데 이렇게 반짝이는 은반지를 받다니! 윤지야, 어때, 정말 예쁘지?"

미아는 그렇게 좋아하는 국물 떡볶이도 먹지 않은 채 반지를 바라보며 여전히 꿈속을 헤매는 표정이었다. 그러다간 또 다시 윤지의 귀에다 속삭였다.

"있잖아, 나, 아무래도 쭌이를 사랑하나 봐. 생각만 해도 좋고, 자꾸만 같이 있고 싶고."

누군가를 좋아한다는 건 저런 것일까. 미아의 얼굴은 그 어느 때보다 예뻐 보였다. 눈은 초롱초롱 빛나고. 그 순간 윤지는 문득 미술 선생을 떠올렸다. 갑자기 선생의 크고 두터운 손이 자신의 손과 어깨를 만지던 순간이 떠올랐다.

'어딘가 마음이 따뜻해지는 기분, 대체 그 기분은 무엇일까?'

윤지는 누군가에게 사랑을 받아본 지가 너무나 아득했다. 그래서일까. 선생의 그 무심코 한 행동이 마냥 따뜻하게 느껴졌다.

"미아야, 축하해. 나는 네가 부럽다. 진심이야."

"호호, 고마워. 너도 곧 그런 사람이 생길 거야."

미아는 생글생글 행복한 웃음을 지었다.

집으로 돌아오니 다행히 아빠는 잠들어 있고, 엄마는 내일 아침밥 준비를 하느라 부엌에서 도마질 소리를 내며 무언가를 만들고 있다.

방으로 들어온 윤지는 책상 앞에 앉아 지구본을 빙그르르 돌렸다. 오늘 윤지가 가고 싶은 곳은 미국 뉴욕이다. 서울에서부터 천천히 손가락을 따라 뉴욕으로 가본다. 태평양을 지나, 미국 서부를 지나 대서양 연안에 있는 뉴욕까지 그 멀고 먼 길을 윤지는 단 1분도 안 걸려서 가닿는다.

'뉴스나 영화에서처럼 그곳에는 하늘을 찌를 듯 마천루가 서 있고, 바다를 향해 자유의 여신상이 서 있겠지. 브로드웨이 거리에서는 라이언 킹이나 맘마미아, 캣츠 같은 유명 뮤지컬 공연이 열리고, 전 세계에서 모여든 수많은 사람들이 오고가겠지. 그 거리 어딘가에 바스키아가 살았던 브룩클린도, 아름다운 그라피티가 그려진 건물들도 서있고. 아, 나도 한 번 가 봤으면!'

윤지는 속으로 중얼거렸다. 그 후로도 윤지의 상상 여행은 계속 되었다. 윤지는 마치 바스키아의 흔적을 찾아 나선 여행자처럼 지도 속에서, 인터넷에서 바스키아를 검색하기 시작하였다. 하지만 그건 어디까지나 상상 여행이었다. 윤지는 다른 아이들처럼 비행기를 타고 하늘을 날아가는 꿈을 꾸곤 하였다. 아이들 중에서 윤지처럼 비행기를 한 번도 안 타본 아이는 한 명도 없었다. 하다못해 모두 제주도라도 다녀왔다. 어떤 아이는 주재원인 아빠를 따라 파리에서 1년을 살다 왔다고 하고, 어떤 아이는 방학 때만 되면 외할머니가 사는 로스앤젤레스에서 지내다 온다고 하였다. 일본이나 중국, 대만, 싱가포르, 필리핀, 태국, 베트남, 캄보디아처럼 가까운 곳은 마치 이웃집 드나들듯하는 아이들도 많고.

하지만 외국에 사는 친척은커녕 외할머니, 이모, 외삼촌도 없고, 하나뿐인 고모도 서로 왕래를 한 지가 언제인지 모를 정도여서 명절이 다가와도 갈 데가 없었다. 늘 어디론가 떠나는 꿈을 꾸는 윤지는 아이들이 여행을 다녀왔다며 자랑을 할 때면 부럽다 못해 가슴이 아릿하게 저려왔다. 누구는 복이 많아서 그렇게 해외여행도 다니고, 누구는 지지리 궁상으로 산다는 게 너무나도 분하고 억울했다.

"윤지야, 너는 제발 엄마처럼 살지 마."

엄마는 툭하면 그렇게 말했다.

"엄마, 나도 엄마처럼 살기 싫어. 하지만 요즘은 금수저 집안에서 금수저 아이들이 나온다잖아. 학원에도 못 다니는데 내가 어떻게 좋은 대학엘 가겠어. 혼자서도 공부를 잘할 만큼 내 머리가 뛰어난 것도 아니고, 엄마 아빠가 내 뒷바라지를 잘해주는 것도 아니고. 겨우 학교 끝나고 와서 EBS 인강이나 듣는 처지인데. 난 그냥 이대로 살다 죽을 거야!"

윤지는 엄마가 말할 때마다 모질게 대들었다. 하지만 미술선생에게 바스키아 이야기를 들은 후부터 윤지는 작은 꿈 하나가 생겼다.

'이다음에 돈 벌면 제일 먼저 뉴욕에 가봐야지.'

윤지는 지구본에서 뉴욕을 손으로 어루만지며 다짐하였다.

03

말할 수 없는 비밀

미술 시간은 일주일에 두 번, 목요일 5교시, 6교시까지 이어서 두 시간이었다. 다른 때 같으면 아무 생각 없이 미술도구를 책상 위에 올려놓고 앉아있으면 그만이었다. 다른 아이들이 미술선생이 들어오기 전, 잔뜩 들떠서 야단을 해도 윤지는 그런 아이들이 한심하게 보일 정도였다. 그런데 참 알 수 없는 일이었다. 지난 금요일 미술실을 다녀온 후 윤지는 달라졌다. 하루하루가 뭔가 설레고 가슴이 콩닥거렸다. 자꾸만 미술시간이 기다려지고, 점심시간이 끝나고 미술 시간이 다가올수록 가슴이 떨려왔다.

마침내 수업 종이 울리고 미술선생은 다른 때와 다름없이 성큼성큼 교실로 들어섰다. 윤지는 설레는 마음으로 선생을 바라보았다.

"오늘은 특별한 수업을 해보려 한다. 너희들도 알다시피 수많은 화가들이 자화상을 그렸단다. 렘브란트는 무려 100점이 넘는 자화상을 그려서 '자화상의 화가'라는 말을 들을 정도였지. 반 고흐도 그 짧은 삶 속에서 40여 편의 자화상을 남기고. 교통사고로 불구가 되어 대부분의 삶을 침대 위에 누워 지내야만 했던 프리다 칼로도 거울에 비친 자신의 모습을 즐겨 그리고 말이다."

선생은 아이들에게 화집을 보여주며 자화상에 대한 설명을 해주었다.

"렘브란트가 30대에 그린 자화상을 보면 성공한 화가의 자신감과 야망을 엿볼 수 있단다. 그런가 하면 가족과 재산, 명예를 잃은 60대의 자화상은 거의 어둠 속으로 사그라질 듯 슬퍼 보이지? 반 고흐도 〈파이프를 물고 있는 자화상〉, 〈밀짚모자를 쓴 자화상〉, 〈귀를 짜른 후의 자화상〉, 죽기 얼마 전에 그린 〈자화상〉 등 다양한 모습을 통해 그때 그때의 심리상태를 보여주고 있단다. 프리다 칼로의 자화상은 자신의 처지를 나타내듯 아주 그로테스크하게 그린 게 많지. 이처럼 자화상은 그 사람이 지닌 내면을 그대로 보여주는 좋은 증거란다. 지난 시간에 너희들이 저마다 열일곱 살의 봄을 그렸다면, 오늘은 자신의 내면을 담은 자화상을 그리도록 하자. 한 시간은 데생을 하고, 다음 시간에는 색칠을 하도록!"

"쌤, 너무 어려워요! 좀 더 쉽게 설명 좀 해주세요!"

성희가 애교 섞인 투정을 부렸다.

"하하, 어렵게 생각할 것 없다. 그저 자기가 생각하는 자기 모습을 그러면 되는 거니까."

선생은 특유의 손짓으로 머리를 쓰윽 빗어 올리며 웃었다. 윤지는 그제야 알 듯하였다. 아이들이 왜 선생을 좋아하는지. 선생은 다른 남자 선생과 달리 옷차림이며 생김새가 나이 들어 보이지 않았다. 미술을 전공해서인지 옷을 입는 색감이나 모양이 구태의연하지 않고 자유로웠다. 그 자유로움이 아이들에게 호감을 주는 모양이었다.

"윤지야, 오늘도 네 실력을 보여줘."

미아가 눈을 찡긋하며 말했다. 하지만 윤지는 자신이 없었다. 원래 미술에 소질이 있었던 것도 아닌 데다, 한 번 칭찬을 받고 나자 그림을 그리는 게 더 두려웠다. 아이들은 쓱쓱 자신의 모습을 그리기 시작하였다.

"야, 장수진! 네가 그렇게 예쁘게 생겼다고? 말도 안 돼. 이건 거의 순정만화 주인공인데! 아니면 탤런트지, 탤런트!"

성희가 건너편에 앉은 수진이를 보며 놀려댔다.

"크크, 뭐 어때, 내 눈에는 내가 이렇게 보이는 걸 뭐."

수진이는 들은 척도 않고 자기 모습을 아주 예쁘게 그리고 있었다.

그 모습을 보며 윤지는 속으로 큭 웃었다. 단 한 번도 자신을 예쁘다고 생각해 본 적이 없었다. 너무나도 작은 눈, 광대뼈가 나온 얼굴, 얼굴에 비해 조금 작아 보이는 코, 어느 것 하나 마음에 들지 않는 얼굴이었다. 그나마 다행이라면 엄마를 닮아 키가 크고 그다지 살이 찌지 않았다는 정도였다.

'못생긴 얼굴 예쁘게 그리면 뭘 해. 차라리 우스꽝스럽게 그리는 게 낫지.'

아이들의 그림을 우두커니 바라보던 윤지는 마침내 연필을 들어 스케치를 하기 시작하였다. 그러자 문득 손과 어깨에 힘을 빼라던 선생의 말이 떠올랐다. 윤지는 천천히 자신의 얼굴을 그리기 시작하였다.

"어머, 신윤지, 너 또 이상한 그림 그리는 거지?"

"아무튼 주목받고 싶어서 난리를 치는구나."

"이게 너라고? 마녀 아니고?"

한참 그림을 그리고 있는 윤지를 보며 앞자리, 뒷자리에 앉은 아이들이 한마디씩 하였다.

"자기 맘대로 그리는 게 그림이잖아. 못생긴 얼굴 못생기게 그리는 데 어때서 그래?"

윤지는 아무렇지 않게 웃었다. 다른 때 같으면 아이들에게 그런 대꾸를 할 만큼 강한 아이가 아니었지만 윤지는 이상하게 자신감이 생겼다. 그건 선생이 자신을 인정해줬다는 데서 오는 당당함이었다.

"어머, 쟤 잘난 척하는 것 좀 봐."

세정이가 또 못마땅하다는 듯 빈정거렸다. 그때 선생이 슬그머니 옆으로 와서 윤지의 그림을 들여다보았다.

"이런, 오늘도 또 명작을 그렸구나. 그로테스크한 점이 아주 좋은 걸."

선생의 그 말이 끝나자마자 아이들의 따가운 눈총이 윤지에게 화살처럼 날아왔다. 지난 시간에 이어 이번 시간까지 선생의 칭찬이 이어지자 아이들은 눈꼴사납다는 듯 윤지에게 적대감을 드러냈다. 아마도 선생이 윤지를 편애한다고 여긴 모양이었다. 하지만 아이들보다 더 놀란 건 오히려 윤지였다.

'쌤이 왜 이러시는 거지? 내가 그림을 정말 잘 그린 걸까?'

아무리 생각해도 알 수 없었다. 6교시까지 이어진 수업시간에 윤지는 색칠까지 마치자 선생은 몇몇 아이들이 그린 그림을 앞으로 들고 나가 설명을 해주었다.

"자신의 얼굴 특징을 참 잘 나타냈구나. 밝은 성격까지 보이는 듯 색감도 좋고. 콧대를 강조한 걸 보니 자존심 센 성격까지 엿보이는 걸."

선생은 세정이의 그림을 보며 설명했다. 마침내 윤지의 그림 앞에 선 선생은 말했다.

"자신의 내면에 많은 꿈이나 바람이 있으면서도 그걸 안으로 억누르고 있는 듯 보이는구나. 얼굴을 이렇게 여러 면으로 나누어 그린 걸 보면 자기가 원하는 것이 많다는 걸 뜻하지."

윤지는 소스라쳐 놀랐다.

'점쟁이도 아닌데 그림만 보고도 그 사람의 속마음까지 꿰뚫어보다니!'

윤지는 차마 고개를 들 수가 없었다.

그러던 금요일 오후, 윤지는 다시 미술실을 찾았다. 하지만 아직 미술실 분위기가 어색하기만 했다.

"선생님, 오늘은 뭐 그릴까요?"

윤지는 어색한 분위기를 깨기 위해 물었다.

"음, 오늘은 내가 너한테 부탁 하나 하려고. 날 위해 모델이 되어 주겠니?"

"네에? 모, 모델이라고요? 제, 제가요?"

윤지는 소스라쳐 놀라 물었다.

"하하, 모델이라고 해서 너무 거창한 게 아니란다. 그냥 저기 의자에 앉아 있기만 하면 되는 거야. 하긴 꼼짝 않고 한자리에 앉아 있는게 힘들기는 하지만. 사실 요즘 내가 즐겨 그리는 건 나체지만 너를 보며 문득 청순한 여고생의 이미지를 떠올렸단다. 아무것도 꾸미지 않고 있는 그대로의 네 모습이 아름다워 보여서."

선생은 윤지를 바라보며 설명하였다. 이게 대체 무슨 소리인가, 윤지는 갑자기 부끄럽고 어디론가 도망을 가고 싶었다. 예쁘지도, 그렇다고 해맑지도 않은 자신을 보며 청순한 여고생의 이미지를 떠올린다니, 그건 도저히 윤지에게 어울리는 말이 아니었다.

'내가 툭하면 아빠에게 매를 맞는다는 걸 알면 저런 말을 못하실 거야. 쌤은 뭔가 나에 대해 잘못 알고 계셔.'

윤지는 자기도 모르게 고개를 저었다.

"쌤, 저, 그런 거 한 번도 안 해봐서 잘 몰라요. 그리고 저보다 더 예쁜 아이들도 많은데……."

윤지는 용기를 내어 거절의 뜻을 밝혔다.

"하하, 윤지야, 그게 무슨 소리니? 내 눈에는 네가 그 어떤 아이들보다 청순하고 사랑스러워 보이는데. 짙게 화장을 하고 다니는 다른 아이들하고 달리 넌 순수한 모습이 남아 있거든. 아무튼, 아무 걱정 말고 이리 와서 좀 앉아보렴."

선생은 머뭇거리고 있는 윤지의 두 팔을 붙잡아다가 의자에 앉혔다. 그리곤 손으로 이리저리 방향을 잡으며 포즈를 취하도록 하더니 이제 됐다는 듯 고개를 끄떡였다.

"자, 그렇게 가만히 앉아 있기만 하면 되니까 잠시만 좀 있으렴."

선생은 마침내 목탄 하나를 들더니 드로잉을 시작하였다.

'내가 모델이 되다니!'

윤지는 얼떨결에 벌어진 일에 놀랄 겨를도 없이 꼼짝없이 앉아 있었다. 선생은 윤지의 마음을 아는지 모르는지 힐끔힐끔 윤지를 보며 열심히 손을 놀렸다. 선생은 검은색 목탄, 붉은색 목탄 등 여러 가지 색의 목탄을 번갈아 사용하며 시간 가는 줄 모르고 종이를 넘기고 또 넘기며 드로잉에 몰두했다.

윤지는 그런 선생을 우두커니 바라보았다. 캔버스 천으로 된 짙은 감색 앞치마를 두르고 손에 목탄 가루를 묻힌 채 열심히 그림에 몰두하는 선생의 모습은 참 멋있었다. 문득 술에 찌든 채 악다구니를 쓰는 아빠의 얼굴이 겹쳐서 떠올랐다.

'아빠도 사업이 잘됐으면 쌤처럼 저렇게 멋진 모습으로 일 했을까?'

윤지는 아빠가 가구 도면을 그리고 나무를 만지던 모습을 떠올리자 갑자기 코끝이 시큰해졌다. 그런 아빠는 어디로 가고 완전히 삶에 지치고 피곤하고 엄마와 윤지를 괴롭히는 아빠만 남았을까. 엄마 말대로 정말 아빠가 사는 게 힘들어서 그런 걸까? 그림을 그리던 선생의 얼굴에서 가구 도면을 그리던 아빠가 겹쳐서 떠오르자 윤지는 울컥하며 두 뺨으로 눈물이 주르르 흘러내렸다.

"아니, 윤지야, 너, 지금 우는 거니? 왜 무슨 일이야?"

한참 그림을 그리던 선생이 놀라서 물었다.

"아, 아무것도 아니에요."

윤지는 서둘러 손등으로 눈물을 닦았다.

"이런! 무슨 일인지 모르지만 울고 싶을 때는 그냥 마음껏 울어도 돼. 그래야 마음속 응어리가 사라지고 다시 살아갈 힘이 생긴단다."

선생이 윤지 옆으로 다가와 윤지의 얼굴이 잘 보이도록 무릎을 반쯤 굽히곤 두 손을 윤지의 무릎에 다정하게 얹은 채 말했다. 그 순간 윤지는 애써 참으려던 눈물이 더 왈칵 쏟아졌다. 정말 그러려던 게 아니었는데 선생이 위로해주자 한 번 차오르기 시작한 눈물은 멈추려 해도 멈춰지지 않았다.

선생은 두 팔을 벌려 윤지를 따스하게 안아주었다. 윤지는 선생의 가슴에 안긴 채 서럽게 울었다.

"그래, 울고 싶으면 실컷 울어."

선생은 윤지의 어깨를 토닥이며 말했다. 선생의 따스한 손이 윤지의 어깨를 토닥여주자 윤지는 따스한 이불 속에 들어간 듯 슬픔이 조금 가시는 기분이었다.

"저, 이제 갈게요."

선생에게 눈물을 보인 게 부끄러운 윤지는 자리에서 일어났다.

"윤지야, 무슨 일인지는 모르지만 기분이 좀 나아졌으면 좋겠구나. 그래, 잘 가고 또 보자."

선생은 더 이상 아무것도 묻지 않고 윤지를 보내주었다.

아직 야자가 끝나려면 시간이 30분쯤 남아 있었다. 윤지는 수돗가로 가서 찬 물에 세수를 하였다.

'바보, 멍청이, 얼간이!'

윤지는 선생에게 속마음을 들킨 자신이 너무 부끄러웠다. 그러면서도 누군가의 보살핌을 받은 듯 마음이 한결 누그러졌다. 선생과 윤지 사이에 뭔가 둘만의 비밀이 생긴 기분도 들고.

윤지는 이런 감정을 미아에게 털어놓을 수가 없었다. 자기 자신도 설명할 수 없는 감정이었으니까. 윤지는 미아가 같이 가자고 할까봐 서둘러 학교를 빠져나왔다.

'쌤은 왜 나한테 그렇게 잘해주는 걸까?'

윤지는 며칠 동안 내내 그 생각뿐이었다. 공부 잘하고, 예쁘고, 학교생활도 활발하게 하고, 미술실기대회에 나가 상을 받은 아이들도 많았다. 하지만 윤지는 그 어디에도 속하지 않았다. 반에서도 그리 눈에 띄는 아이도 아니었다.

'그날 검은 꽃을 그린 게 쌤에게 그렇게 인상적이었나.'

윤지는 그 후 계속되는 선생과의 일들이 마냥 신기할 따름이었다. 그러면서도 이상하게 금요일이 기다려지고, 선생이 있는 미술실에 가고 싶었다. 미술실에 가지 않는 다른 요일에도 자꾸만 교무실 쪽을 흘끗거리고, 미술실이 있는 5층 창문을 바라보는 버릇이 생겼다.

그 후에도 윤지는 금요일이면 미술실에 가서 그림을 그렸다. 모델을 서달라던 선생은 그날 이후 다시는 그런 말을 꺼내지 않았다.

윤지는 선생이 시키는 대로 사과도 그리고 줄리앙도 그리고 이런저런 그림들을 그렸다. 하지만 기초가 없는 탓에 아무리 해도 정물이며 석고상의 모습을 제대로 그릴 수 없었다. 지우고 또 지우고 하다 보면 어느 때는 스케치북에 구멍이 날 때도 있었다.

'잘 그려서 쌤한테 칭찬을 받았으면!'

윤지는 온통 그 생각뿐이었다. 그런데 선생은 윤지가 그림을 잘 그리든 못 그리든 아무 상관을 하지 않았다.

"우리나라 입시 제도를 다 바꿔야 해. 그림은 어떤 형식이나 정해진 규칙이 있는 게 아닌데도 모두 획일적인 교육을 시키거든. 그러니까 네가 그리고 싶은 대로 그리면 되는 거야. 난 너의 그 자유로운 정신을 좋아하는 거니까. 사람이 너무 규율에 얽매이면 좋은 작품을 만들 수 없단다. 그래서 파격이 중요한 거지. 나는 파격을 좋아한단다."

선생은 자신의 예술적인 철학에 대해서만 이야기 했다.

윤지는 그런 선생 앞에 있으면 자신이 뭔가 된 기분이었다. 입시학원에 다니며 온갖 상을 다 받은 세정이보다 낫다는 우월한 생각까지

들 정도로. 누구 앞에서도 자신감 있게 행동한 적 없던 윤지는 선생 덕에 괜히 어깨가 으쓱했다.

그러던 어느 금요일이었다. 선생이 불쑥 물었다.

"윤지야, 내일은 뭐 하니?"

"그냥 아무 일도……."

다른 아이들은 주말이면 집중 과외를 받으러 학원에 가고, 집에다 과외선생을 붙여서 공부를 하곤 했지만 딱히 할 일이 없던 윤지는 중간고사가 다가오니까 독서실에 가서 공부나 할까 하던 참이었다.

"별다른 일 없으면 내일 학교에 나올래? 이달 말까지 그룹전에 작품 한 점을 내야 하는데 아직 마무리를 못 했단다. 그래서 내일 학교에 나오려 한다. 별일 없으면 너도 나와서 그림을 그리렴."

"정말요? 네, 그럴게요."

윤지는 선생의 제안이 오히려 고마웠다. 우중충한 집에 있는 것보다 학교에 나와 선생 옆에서 그림을 그리는 게 천만번 좋았으니까.

집에 가서도 윤지는 잠이 안 올 정도로 내일이 기다려졌다. 또 한 가지 다행스러운 건 아빠가 지방 공사장에 가느라 석 달쯤 집을 비운다는 사실이었다.

"엄마, 아빠, 진짜 집에 안 와?"

"응, 같이 일하는 장 사장이 일꾼들 다 데리고 경주 근처 어딘가로 갔어. 장 사장이랑 친한 고객이 고향에다 아주 큰 펜션을 짓는다나봐."

"와아, 정말 다행이다."

윤지는 아빠가 집에 안 온다는 사실만으로도 작고 허름한 집이 궁전처럼 느껴졌다. 밖에서 아빠 발소리만 들려도, 문 여는 소리만 들려도, 숨소리만 들려도 가슴이 두근두근했는데 저절로 어깨가 펴지고 텔레비전도 크게 틀고, 밤이 되어도 가슴을 짓누르는 두려움이 사라졌다.

"거기서도 술을 안 마셔야 하는데 큰일이다. 술만 안 마시면 네 아빠도 나무랄 데 없는 사람인데."

엄마는 여전히 아빠에 대한 걱정이 태산 같았다.

"엄마, 일단 아무 생각하지 마. 우리끼리 석 달이라도 제발 좀 편하게 지내자, 응?"

윤지는 엄마를 보며 정말 오랜만에 활짝 웃었다. 그러다간 엄마를 보며 조심스레 부탁했다.

"엄마, 내일 아침에 나 김밥 싸줄 수 있어?"

"갑자기 김밥은 왜? 어디 소풍이라도 가게?"

엄마는 의아한 얼굴로 물었다.

"그게 아니라 엄마 나 요즈음 금요일마다 미술실에 가서 그림 배워. 미술 쌤이 나보고 그림에 대한 소질이 있다며 나와서 배우라고 했어. 내일 쌤이 미술실에 오신다고 해서 김밥을 싸다 드리면 어떨까 하고."

"세상에, 레슨비도 안 받고 그림을 가르쳐 주신단 말이지? 그런 좋은 선생이 있다니 정말 고맙고 감사한 일이구나. 알았어. 엄마가 솜씨를 발휘해서 맛있게 싸주마. 내 딸 위하는 일인데."

엄마의 얼굴에도 모처럼 웃음꽃이 환하게 피었다. 윤지가 학원에도 못 가고 늘 인터넷 강의를 들으며 혼자 공부하는 게 미안했던 엄마는 미술 선생이 그림을 가르쳐 준다는 게 무척이나 고마운 모양이었다. 사실 엄마는 누구보다 음식 솜씨가 좋았다. 마트가 끝날 무렵 떨이로 사 오는 채소며 생선을 이용해서 늘 뚝딱 맛있는 음식을 차려 내곤 하였다.

엄마가 김밥 쌀 준비를 하느라 씽크대 앞에 서 있는 동안 윤지는 옷장 문을 활짝 열고 내일 입을 옷을 골랐다. 휴일이니까 교복이 아닌 사복을 입고 싶었다. 하지만 아무리 찾아봐도 마음에 쏙 드는 옷이 없었다.

'아휴, 이럴 줄 알았으면 미아가 드나드는 쇼핑몰에서 티셔츠나 하나 사둘 걸.'

윤지는 아이들이 즐겨 찾는 쇼핑몰을 떠올리며 안타까워하였다. 옷을 사러 돌아다닐 시간이 없는 아이들은 온라인 쇼핑몰에서 옷을 사곤 했다. 윤지는 다 낡은 청바지에 진보라 후드 티, 하늘색 반팔 티를 골랐다. 너무 오래 입어서 목이 좀 늘어진 반팔 티였지만 더 이상 선택의 여지가 없었다.

'아빠가 집에 안 오시고, 쌤이 나를 불러주시고. 왜 나한테 이런 좋은 일들이 일어나는 거지?'

윤지는 모처럼 편안한 마음으로 잠을 잤다.

04

나의 소녀가 떠나던 날

아침이 되자 윤지는 서둘러 준비를 하고 학교로 향했다. 엄마는 이른 아침에 김밥을 싸놓고는 벌써 출근을 한 뒤였다. 살짝 열어보니 엄마의 트레이드마크인 달걀 김밥과 소고기 우엉 김밥 두 종류가 나란히 들어 있었다. 그 옆에는 잊지 않고 단무지와 엄마가 만든 간장 오이 피클까지 담겨 있고.

'쌤이 맛있게 드시겠지.'

윤지는 아무것도 아닌 자신에게 그림에 대해 알게 해주고, 자신을 인정해주고 따스하게 해준 선생을 생각하자 잔뜩 기분이 들떴다.

5층 미술실로 올라가는 윤지의 발걸음은 그 어느 때보다 경쾌했다.

"야아, 사복을 입으니까 훨씬 더 예쁘구나. 보기 좋아."

선생도 그 어느 때보다 밝은 웃음으로 윤지를 맞아주었다. 그리곤 커피포트에 물을 끓여 티백으로 된 차 한 잔을 타 주었다.

"라벤더 허브티란다. 향기도 좋고 마음을 차분하게 해주는 효과가 있지. 어서 마시렴."

"네."

윤지는 선생이 타주는 허브티를 마셨다.

"선생님, 오늘은 뭘 그릴까요?"

"음, 저기 있는 놓여있는 정물들을 좀 그려볼까?"

"네, 좋아요."

윤지는 선생이랑 이제 좀 가까워졌다고 느껴서인지 편한 마음으로 대답했다.

윤지가 의자에 앉아서 탁자 위에 놓인 과일이며 꽃들을 그리기 시작하자, 선생은 블루투스를 연결하여 음악을 틀었다. 제목을 알 수 없는 감미로운 재즈 음악들이 미술실 안으로 퍼져나갔다.

'정말 좋다. 이런 분위기는 난생처음이야.'

윤지는 그 어느 때보다 기분이 좋았다. 아름다운 음악과 유화 물감 냄새에 취해 윤지는 드로잉을 하고 수채화 물감으로 채색을 하기 시작하였다. 선생이 늘 잘 그리는 것보다 개성 있게, 자유롭게 그리는 게 좋은 작품이라고 해서인지 그저 생각나는 대로 떠오르는 대로 마음대로 그리고 색칠하는 이 순간이 너무 좋았다.

그런데 윤지가 한참 그림을 그리고 있을 때였다.

"윤지야, 잠깐만 이리 좀 와 보렴."

선생이 이젤 앞으로 윤지를 불렀다.

"네?"

윤지는 아무 생각 없이 선생 옆으로 다가갔다.

"자, 이 그림 앞에 좀 서 보렴. 잘 보고 어떤 느낌이 드는지 좀 말해 줄래?"

선생은 그리고 있던 나체 그림 앞에 윤지를 세워놓고 물었다.

그림은 지난번보다 한결 형체가 뚜렷하게 드러났다. 그 순간 윤지는 지난번처럼 또 가슴이 뛰고 얼굴이 빨개졌다.

"이 그림 속 여자 어떠니? 너를 닮지 않았니?"

선생이 등 뒤에 서서 물었다.

"그, 글쎄요, 저는 잘 모르겠는데요……."

윤지는 무슨 말을 해야 할지 몰랐다. 그림을 볼 줄 모르는 데다 나체의 주인공이 자신을 닮았다는 말에 어떤 반응을 보여야 하는 지 알 수 없었다. 게다가 선생이 윤지의 등 뒤에 가까이 서 있는 게 마냥 어색하고 불편했다.

"잘 보렴. 나는 이 그림에다 지난번에 너를 모델로 드로잉 한 이미지를 살려 네 모습을 그리기 시작했단다. 그런데 아무리 해도 너의 그 풋풋하고 청순한 이미지가 잘 나타나지 않는구나. 그건 아마도 작가인 나와 모델인 너 사이에 아직 끈끈한 교감 같은 게 없어서겠지."

선생은 윤지의 등 뒤로 더 바짝 다가섰다. 그리곤 윤지를 안다시피 하며 손으로 캔버스에 있는 그림을 가리켰다. 선생의 가슴과 윤지의 등이 닿을 만큼 가까운 거리였다.

"쌤, 저 있잖아요……."

윤지는 뭔가 이상한 기분이 들어 선생의 팔에서 빠져나오려 몸을 비틀었다.

"잠깐, 그냥 있어보렴. 잠깐만."

선생은 두 팔로 윤지를 감싸 안 듯하며 말했다.

"서, 선생님, 잠깐만요, 잠깐……."

윤지는 어색한 순간을 피하려 다시 한번 몸을 뒤챘다. 하지만 선생은 두 팔로 윤지를 안은 채 풀어주지 않았다. 이제 윤지는 꼼짝없이 선생의 팔 안에 갇힌 채였다.

"윤지야, 작가에게는 뮤즈라는 게 있단다. 영감을 주는 존재이지. 네가 나의 뮤즈가 되어주렴. 이 그림 속에 너의 이미지를 완성할 수 있도록 도와주렴, 응?"

선생은 윤지를 등 뒤에서 꼬옥 껴안으며 속삭였다. 선생의 입김이 윤지의 귓불과 목덜미에 가까이 닿았다. 그 순간 윤지는 자기도 모르게 소름이 쭈욱 끼쳤다.

"쌤, 왜, 왜 그러세요? 저리 비키세요, 어서요!"

윤지는 불쾌감이 들어서 몸을 세차게 흔들며 반항하였다. 그 순간 선생의 책상 위에 세워둔 가족사진 속에 있는 선생의 부인과 딸 아들의 눈이 윤지를 바라보며 해맑게 웃고 있었다. 사진 속의 선생과 지금의 선생은 완전 딴사람처럼 보였다.

당황한 윤지는 어떻게든 선생의 팔 안에서 벗어나려 안간힘을 썼다. 하지만 선생은 윤지가 빠져나갈 틈을 주지 않았다. 윤지를 감싼 팔에 더욱 힘을 주며 힘껏 껴안았다.

"가만, 제발 잠깐만 이대로 있어주렴. 잠깐이면 돼. 알았지?"

선생은 두 팔을 올가미처럼 만들어 윤지를 꼼짝달싹 못하게 가둔 채 이젠 아예 얼굴을 윤지의 등 뒤에 묻으며 애원하였다.

윤지는 그제야 선생이 무슨 짓을 하려는지 짐작했다. 아무리 경험이 없는 열일곱 살 소녀라 해도 영화나 소설, 드라마에서 본 것만으로도 선생이 뭘 하려는지 그건 직감으로 알 수 있었다. 선생이 지금 자신에게 하는 행동은 선생이 제자에게 쉽게 할 수 없는 짓이며, 해서는 안 되는 짓이라는 걸 말이다.

"으악, 쌤, 비켜요, 저리 비켜요, 저리!"

윤지는 선생이 정상이 아니라는 걸 깨닫고는 몸부림을 치며 올가미에서 빠져나오려 안간힘을 썼다. 하지만 어느 틈에 선생의 두 손이 윤지의 헐렁한 티셔츠 속으로 쑤욱 들어오더니 미처 피할 사이도 없이 윤지의 가슴을 마구 더듬었다.

"으악! 하지 마세요, 하지 마!"

윤지는 소스라쳐 놀라 선생을 밀쳤다. 그러면 그럴수록 이미 야수로 변한 선생은 두 팔에 힘을 준 채 윤지를 더욱 세게 끌어안았다.

"윤지야, 너를 해치려는 게 아니야. 난 네가 좋아졌단다. 너는 나의 뮤즈란다. 그러니 그냥 잠시만 가만있어주렴, 응?"

선생은 윤지가 소리를 지르며 몸을 피하려 하자 이번엔 우악스레 윤지의 몸을 선생 앞으로 돌리더니 두 손으로 얼굴을 감싼 채 눈 깜짝할 사이에 입을 맞추었다.

"으으으윽!"

선생의 축축한 입술이 자신의 입술에 닿는 순간 윤지는 차가운 뱀이 몸에 닿은 듯 소리를 질렀다. 하지만 그 소리는 선생이 입술을 막고 있어서 안에서만 맴돌 뿐이었다.

"으아아악!"

윤지는 젖 먹던 힘까지 내어 선생을 밀쳐냈다. 그런 다음 죽을힘을 다해 미술실을 도망쳐 나왔다. 어떻게 층계를 내려와 운동장을 가로질러 교문을 빠져나왔는지 알 수 없었다.

윤지는 미친 듯 달리고 또 달려 집으로 갔다. 엄마는 아직 마트에서 일을 하고 있을 시간이었다.

"으흐흑, 으흐흐흑……."

윤지는 자기 머리를 주먹으로 콩콩 쥐어박으며 울고 또 울었다. 그러다간 벌떡 일어나 옷을 홀랑 다 벗고는 마구 샤워를 하였다. 비누칠을 해서 몸을 박박 닦고 또 닦아도 께름칙하고 더럽혀진 기분을 떨쳐 버릴 수가 없었다. 특히 선생의 손길이 닿았던 얼굴과 가슴, 입술을 수도 없이 닦고 또 닦았지만 찝찝하고 더러운 기분은 좀처럼 가시지 않았다.

'아, 내가 바보 천치였어. 쌤의 달콤한 칭찬에 빠져서 내가 오버 한

거야. 아아!'

윤지는 오래오래 샤워를 하고 나와서 입었던 옷을 모두 쓰레기통에 버렸다.

"으흐흐, 이 거지 같은 티셔츠 때문이야. 다 늘어지고 헤진 이따위 티셔츠를 입고 가서 당한 거야!"

윤지는 그제야 지난 얼마 동안의 일들이 하나하나 퍼즐 조각처럼 맞춰졌다. 선생이 윤지의 그림을 칭찬한 것도, 미술실로 불러내어 손을 잡고 그림을 가르쳐준 것도, 슬피 우는 윤지를 껴안고 토닥여 주며 자상하게 위로해준 것도 다 오늘을 위한 밑밥이었다는 걸.

'모델을 서달라며 청순하고 어쩌고 한 것도 다 미끼였어. 그런데 어떻게 나한테 그럴 수 있지? 내가 만만해 보였을까? 우리 집이 가난하고 아빠가 술주정뱅이라는 걸 알고 있었을까? 나를 함부로 대해도 따지고 나설 사람이 없는 시시한 집안이라는 걸 알고 날 무시한 걸까? 내가 예쁘게 생기지 않아서 그렇게 해주면 감지덕지 고마워할 줄 알았을까? 아아! 왜 하필 나였냐고! 왜 나를 골랐냐고! 으으흐흑……'

윤지는 아무리 생각해도 알 수 없었다. 수업시간에 달콤한 말로 아이들에게 강의를 하고, 특유의 멋진 손짓과 옷차림으로 아이들의 관심을 사로잡은 선생의 모든 것들은 전부 가짜였다. 타고난 잘생김으로 연극배우처럼 아이들을 홀리기 위한 수단이었다.

'으흑흑, 그러면 그렇지 나한테 무슨 좋은 일이 생기겠어. 나 같이 재수 없는 아이한테!'

윤지는 잠시나마 미술 선생 때문에 행복했던 자신이 바보 멍청이처럼 느껴졌다. 행복이 그리 쉽게 올 리가 없었다. 잡초처럼 짓밟히고 또 짓밟히고 존재도 없이 사라져야 할 인생이었다. 그저 날마다 남의 행복한 모습만을 부러워하며 살아야 할 삶이었다. 언감생심 무슨 얼어 죽을 장 미쉘 바스키아 어쩌고저쩌고! 윤지는 잠시나마 장 미쉘 바스키아를 꿈꿨던 자신이 너무 부끄러워 쥐구멍으로라도 들어가고만 싶었다. 장 미쉘 바스키아에게 미안해요, 정말 미안해요, 제가 바보였어요, 용서하세요, 라고 빌고 싶을 지경이었다.

윤지는 캄캄해질 때까지 불도 켜지 않은 채 이불을 덮어쓴 채 침대에 누워 있었다.

'차라리 죽어 버렸으면! 그냥 땅으로 꺼지듯, 하늘로 치솟아 버리듯 어디론가 영영 사라져 버렸으면!'

윤지는 앞으로 학교를 어떻게 가야 하며, 그 선생의 얼굴을 어떻게 봐야 할지 막막했다.

"아니, 너 집에 있는 거니? 왜 불도 안 켜고 그러고 있어?"

어느 틈에 퇴근을 하고 온 엄마가 깜짝 놀라 불을 켰다.

"엄마, 나 졸려. 오늘은 그냥 잘래."

윤지는 차마 엄마를 쳐다보지 못하고 이불 속에서 말했다.

"왜 어디 아파? 그림 그리러 간다더니 그림은 많이 그렸어? 참 미술선생이 엄마가 싸준 김밥 잘 드시던?"

엄마는 내심 궁금했던지 넌지시 물었다. 그때서야 윤지는 엄마가 싸준 김밥 가방을 미술실에 그대로 둔 채 뛰쳐나온 걸 깨달았다.

"응, 쌤이 맛있다며 다 드셨어. 엄마, 나 너무 피곤해. 빨리 불 좀 꺼줘."

"그래, 알았다, 알았어. 내일은 모처럼 엄마도 쉬는 날인데 우리 딸이랑 어디 갈까?"

"아니, 나 낼모레가 중간고사야. 도서실 가서 공부할래."

"아이고, 알았습니다, 알았어요. 엄마 혼자 밀린 집안일이나 해야지 뭐."

엄마는 대수롭지 않게 여기곤 불을 끄고 나갔다.

'엄마, 미안해. 정말 미안해. 내가 바보였어. 쌤이 너무 잘 해주기에 진짜로 내가 그림을 잘 그리는 줄 알았어. 쌤은 그런 바보 같고 어리숙한 나를 점찍었나 봐. 하지만 엄마, 내가 잘못했어. 만날 나를 때리고 윽박지르고 술만 마시는 아빠만 보다가 쌤이 나를 부드럽고 따스하게 대해주자 기분이 좋았거든. 사랑받는 기분도 들고. 그런데 쌤은 그런 나를 이용한 거야. 나의 약점을 알고 나를 함부로 대한 거야. 엄마, 나 이제 어떡하지? 너무 화가 나고 속상하고 분하고 수치스럽고 억울해서 견딜 수가 없어. 그런데도 난 아무런 항의도 못하고 있는 내가 정말 미워. 엄마, 나 이제 어떡하지?'

윤지는 이불 속에 얼굴을 파묻은 채 하염없이 울기만 하였다. 윤지는 깨달았다.

그날, 자신의 안에 들어있던, 한 번도 제대로 피어보지 못한 소녀가 떠났다는 걸. 이제 더 이상 윤지는 소녀가 아니었다. 선생의 손이 윤지를 더듬고 만지고 입술을 댄 순간 윤지는 더 이상 자신이 소녀가 아니라는 사실을 아프게 느꼈다.

'아아, 나에게서 이제 소녀가 떠났어!'

윤지는 이제 자신이 다른 아이들과는 다른 그 누군가로 변한 듯 슬펐다.

뜬눈으로 밤을 지내고 일요일이 지나고 월요일 아침이 되자 윤지는 마음속에 수많은 갈등이 일어났다.

'만약 아이들이 이 사실을 알면 얼마나 나를 놀려댈까? 학교에 가지 말까? 그럼 뭐라고 핑계를 대지? 아, 이렇게 분하고 억울한 일을 당했는데도 누구에게도 말을 할 수 없다니. 그 누구에게도 손을 내밀어 도움을 청할 수가 없다니. 아니, 말을 하면 사람들이 나를 비웃겠지. 얼마나 얼뜨기 같았으면 그런 일을 당하느냐며 되레 나를 몰아붙이겠지. 하지만 내가 아무 말을 안 하면 그 선생은 아무렇지 않게 뻔뻔한 얼굴로 학교에 나올 테지. 아아!'

윤지는 가슴이 터질 듯 답답하고 슬펐다. 무엇보다 더 마음이 찢어지게 아프고 속상한 건 잠시나마 그 선생에게 아빠에게 받지 못한 따스함을 느꼈다는 거였다. 선생이 손을 잡아주고, 울고 있는 윤지를 따스하게 위로해주자 마음이 마시멜로처럼 말랑말랑 해지면서 뭔가 특별대우를 받는 느낌이 들었던 게 분하고 억울했다.

중학교 3학년 겨울방학이었던가, 같은 반이었던 민혜가 울면서 했던 말이 떠올랐다.

"윤지야, 나 이제부터 영어학원 안 갈래. 그 선생 정말 변태인가 봐. 자꾸만 엉덩이를 쓰윽 만지고 내 뺨을 쓰다듬잖아."

"에이, 네가 너무 과민반응 보이는 거 아니야? 설마 선생이 그럴 리가."

"아니야, 내가 몇 번이나 당했다니까. 내 손을 만지작거리고 말이야. 으윽, 징그러워!"

민혜는 온몸을 부르르 떨었다.

'그때 민혜가 말할 때 나는 왜 안 믿었지? 선생이 설마 그런 짓을 할까, 하는 생각 때문이었어. 그런데 내가 당했잖아. 선생이 나한테 그런 짓을 했잖아!'

윤지는 생각만 해도 온몸에 소름이 쭈욱 끼쳤다. 결국 민혜는 그 이야기를 엄마에게 털어놓았고, 엄마는 펄펄 뛰며 학원으로 달려가 학원을 발칵 뒤집어놓고 그 선생을 쫓아낸 후, 당장 다른 학원으로 옮겼다.

'나는 민혜처럼 학교를 바꿀 수는 없잖아. 그냥 아무 일 없는 척 학교를 다녀야 해. 내가 입을 여는 순간 나는 학교에서 이상한 아이라는 소문이 퍼질 테고, 아이들의 손가락질을 받게 될 거야. 그래, 아무 일 없는 듯 학교에 가야 해.'

윤지는 간신히 일어나서 학교로 갔다. 어제까지 그렇게 가슴을 설레게 했던 5층 미술실을 바라보자 헛구역질이 일어났다. 그곳은 윤지가 들어가서는 안 되는 문이었다. 윤지는 잠시나마 자신을 행복하게 해줬던 그곳을 떠올리는 것만으로도 괴로웠다.

'왜 하필 나였지? 왜 나를 선택한 거지? 내가 얼마나 바보 같았으면, 내가 얼마나 멍청하게 생겼으면 나를 골랐을까? 내가 그렇게 만만하게 보인 걸까?'

윤지는 자꾸만 그 생각만 떠올렸다. 다른 아이들이 아닌 자기가 선생의 먹잇감이 되었다는 사실이 견딜 수 없었다.

수업이 시작되고 수학, 영어, 가정 시간에도 윤지는 수업 내용이 하나도 귀에 들어오지 않았다. 갑자기 모든 일상이 다 무너졌다. 머리가 빠개지게 아프고, 너무 울어서 그런지 눈이 빨갛게 충혈 되었다.

'아주 먼 곳으로 떠났으면!'

윤지는 지구본에 있는 나라 보다 더 멀고 먼 곳으로 떠나고 싶었다. 지구에는 없는 나라, 그런 나라는 어디에도 없었다. 하지만 단 한 곳이 있었다. 그곳은 죽어야만 갈 수 있는 나라, 아무도 찾을 수 없고, 따라올 수 없는 나라였다. 윤지는 자꾸만 그 나라로 가고 싶었다.

"윤지야, 신윤지, 무슨 생각을 하고 있어? 쌤이 부르시잖아."

미아가 낮은 소리로 윤지를 불렀다.

"호호, 신윤지는 눈 뜨고 자는 기술이 있나 보구나. 아무리 불러도 모르는 걸 보면."

4교시 통사 시간에 선생이 멍하게 앉아있는 윤지를 불러 깨웠다. 윤지는 그 자리에서 차라리 사라지고만 싶었다. 점심시간에도 급식을 먹는 둥 마는 둥 하곤 운동장으로 나가던 윤지를 보고 미아가 걱정스레 물었다.

"너 무슨 일 있니? 오전 내내 완전 정신이 나가 있던데? 집에 무슨 일 있는 거야?"

"아무 일도 아니야. 그냥 좀 기분이 우울해서 그래."

"요즘 너 미술 쌤한테 그림 배운다며 기분 좋아했잖아? 그런데 왜 갑자기 그래? 쌤이랑 무슨 일 있었어?"

"쌤이랑 무슨 일이 있다니 그게 무슨 소리니? 난 그냥 개인적인 일로 기분이 안 좋은 것뿐이야. 넌 가끔 그럴 때 없니? 하긴 뭐, 요즘 쭌하고 사랑에 빠져서 그런 때가 있을 리 없지. 괜히 네 맘대로 넘겨짚지 마!"

윤지는 버럭 소리를 지르며 마구 쏘아붙였다.

"어머, 윤지야, 너 왜 그래? 난 그냥 네가 기분이 안 좋아 보여서 물어본 거뿐인데."

미아는 무안한 나머지 눈물까지 글썽이며 서운해하였다.

"아무튼 내 일에 신경 쓰지 마!"

윤지는 신경질을 팩 내며 돌아섰다. 정말 이상한 일이었다. 그 날 이후 윤지의 마음속에 악마 하나가 들어온 게 분명했다. 윤지는 누군가와 대판 싸움을 하고 싶고, 마구 소리를 지르고 싶고, 무언가를 때려 부수고 싶었다. 마치 아빠가 그런 것처럼.

'아빠도 이런 기분으로 우릴 괴롭히는 걸까? 자신의 고통을 이기기

위해 남을 학대하고 짓밟으며 쾌감을 느끼는 걸까?'

윤지는 난생처음 아빠를 이해할 것만 같았다.

'아아, 그러면 그렇지. 나한테 무슨 행복이 오겠어. 세정이 말이 맞아. 그림은 아무나 그리는 게 아니었어. 그런 줄도 모르고 들떠서 돌아다닌 걸 생각하면 정말 내가 싫다, 싫어!'

윤지는 가슴속에 불덩이가 들어간 듯 뜨겁고 어딘가에 마구 화풀이를 하고 싶어 견딜 수가 없었다. 그러면서도 제일 두려운 건 미술시간이 들어있는 목요일이 다가온다는 사실이었다.

'어쩌지? 그날 결석을 할까? 그럼 아이들이 날 이상하게 보겠지? 아아, 어떻게 해야 하나.'

윤지는 그 선생의 얼굴을 보는 게 죽기보다 싫었다. 그런데도 하루하루 날짜가 지나고 내일이면 이제 목요일이었다.

다음 날 윤지는 도살장에 끌려가는 소처럼 무거운 마음으로 학교에 갔다. 1교시, 2교시, 3교시, 4교시가 어떻게 지나갔는지 몰랐다. 드디어 5교시 미술시간이었다. 윤지의 마음은 두 가지였다. 하나는 선생의 얼굴을 보고 싶지 않다는 것, 또 하나는 선생의 뻔뻔한 얼굴을 정면으로 바라보고 싶다는 것.

"벌써부터 날씨가 더워졌지? 이제 우리나라도 점점 열대지방을 닮아가나 보다."

선생은 반장의 인사가 끝나자마자 아무렇지 않은 얼굴로, 평소와 손톱만큼도, 눈꼽만큼도 다르지 않은 말투로 날씨 이야기를 꺼냈다.

하긴 그 자리에서 선생이 무슨 말을 하겠는가. 윤지는 선생의 뻔뻔한 얼굴을 볼 용기가 나지 않아 고개를 숙인 채 앉아있었다.

"오늘은 지난 시간에 이야기한 대로 우리 주변에 있는 폐품을 이용하여 각자 작품을 만들어보는 거다. 요즘 리싸이클링이니 업싸이클링이니 해서 많은 사람들이 환경에 대한 관심을 갖고 있단다. 얼마 전 뉴스에서 보니까 고래 뱃속에서 페트병이 나오고 온갖 쓰레기가 들어 있다고 하더구나. 문명의 이기를 이용할 줄만 알았지 그게 얼마나 환경을 해치는지는 너무 무심했던 결과란다. 물론 아주 오래전부터 환경학자들이 경고를 했는데도 말이다. 그러니 우리도 이번 기회에 버려지는 물건을 이용해서 무언가 작품을 만들어보자."

그토록 부드럽고 달콤하게 느껴지던 선생의 목소리가 이젠 유들유들하고 비겁하게 들려서 윤지는 부르르 몸서리를 쳤다.

'저렇게 버터 바른 듯 달콤한 목소리로 나를 꼬드긴 거야. 부드러운 재즈 음악을 틀어주고 그림을 그리게 하고.'

윤지는 그날 일을 떠올리자 갑자기 옷 속에서 스멀스멀 벌레가 기어가기라도 하듯 몸을 비틀었다.

"윤지야, 넌 아무것도 안 가져왔어? 그럼 내 거 조금 줄게."

옆자리에 앉은 진주가 자기가 가져온 헌 신문 몇 장을 책상 위에 놓아주었다. 그리고 보니 아이들은 책상 위에 저마다 요구르트 병이며 우유갑, 잡지, 신문, 철사, 단추며 헌 옷 등 다양한 물건들을 꺼내놓고 있었다.

"고마워."

윤지는 부들부들 떨리는 마음을 숨긴 채 말했다.

건너편에 앉은 미아를 보니 미아도 실장갑 몇 개를 꺼내놓은 게 보였다. 미아는 그날 이후 단단히 화가 났는지 윤지를 거들떠보지 않았다. 집에 갈 때도 혼자서 쌩 가버리고 윤지를 마치 유령 취급 하였다. 윤지는 그런 미아의 모습이 차라리 편했다. 아무하고도 말을 하고 싶지 않았다. 누구와도 어울려 놀고 싶지 않았다. 윤지는 자신만의 동굴을 파놓고는 그 안에 꼭꼭 숨고만 싶었다.

"야아, 단추 꽃이 활짝 피었구나. 이거 참 아이디어가 좋은데!"

선생은 교실을 돌아다니며 아이들이 만드는 작품을 둘러보다간 성희 옆에 서서 칭찬을 하였다.

"정말로요? 야아, 신난다! 저희 집에 여기저기 굴러다니는 단추가 많거든요. 엄마가 헌 옷을 버릴 때마다 떼 놓은 거예요. 아까워서 가져왔더니 쌤한테 칭찬을 받았네!"

누구보다 미술 선생을 좋아하던 성희는 목소리가 한 옥타브 올라간 채 좋아서 어쩔 줄 몰랐다.

'이번에는 성희 차례인가?'

윤지는 선생의 칭찬에 기뻐하는 성희를 보자 알 수 없는 불안감이 찾아왔다.

윤지는 아무것도 할 수 없었다. 그저 아무 생각 없이 진주가 준 신문을 죽죽 찢어서는 책상 위에 수북이 올려놓을 뿐이었다. 그때였다.

선생이 점점 윤지 쪽으로 다가오는 게 보였다. 윤지는 고개를 푹 숙인 채 신문지를 더욱더 잘게 찢었다.

'설마 그냥 지나가겠지. 뻔뻔하게 나에게 뭐라고 말을 걸진 않겠지. 아, 제발 그냥 지나가라, 제발, 제발 좀 그냥 지나가라.'

선생이 다가올수록 윤지는 두근두근 거리는 가슴으로 주문을 외웠다. 그때였다. 선생이 윤지 옆에 멈춰 섰다. 선생이 입은 진초록 바지가 눈에 들어오고 끈 없는 갈색 구두가 눈에 들어왔다. 윤지는 차마 숨조차 크게 쉴 수 없었다. 마침내 선생이 입을 열었다.

"신윤지, 오늘은 신문지 퍼포먼스를 할 건가? 이렇게 신문지를 찢어놓기만 하지 말고 이걸 이용해서 뭔가 새로운 작품을 만들어보렴. 알았지?"

선생은 어쩜 아무 일도 없었다는 듯 윤지의 한쪽 어깨를 손으로 지그시 누르며 말했다.

'으아악!'

윤지는 그 자리에서 벌떡 일어나 찢어놓은 신문지를 선생의 얼굴에 확 뿌리며 소리를 지르고 싶었다. 하지만 그건 어디까지나 상상 속에서만 할 수 있는 일이었다. 윤지는 얼음땡을 할 때처럼 바보처럼 꼼짝 않고 죄인처럼 고개를 푹 숙인 채 앉아 있을 뿐이었다.

윤지가 할 수 있는 건 단 하나, 아이들이 아무것도 눈치채지 못하게 참고 참는 일뿐이었다.

'또다시 내 어깨에 손을 얹다니! 이건 나를 완전 우습게 보고 하는 짓이다. 왜? 무엇 때문에? 내가 어떻게 했는데? 난 아무 잘못을 한 게 없는데 왜 나한테 그러는 거지? 내가 그렇게 만만해 보이냐고!'

윤지는 가만있으려 해도 저절로 몸이 부들부들 떨려왔다.

05

삐딱해지고 말 테야!

아무리 참으려 해도 안 되는 일이 있었다. 윤지는 그날 이후 안간힘을 쓰며 아무 일도 없었다는 듯 학교를 다녔다. 하지만 그 다음주 목요일, 미술시간이 들어있는 날 온몸에 열이 펄펄 나고 식은땀이 주르르 흘렀다. 그 선생의 얼굴과 목소리를 다시 또 들어야 한다는 두려움, 아무렇지 않게 윤지를 대하는 선생의 뻔뻔함을 마주쳐야 한다는 게 몸이 아플 만큼 부담으로 다가왔다.

미술 시간이 들어있는 목요일 아침, 윤지는 도저히 학교에 갈 수 없었다. 그 선생의 목소리를 듣고, 뻔뻔한 얼굴을 볼 용기가 없었다. 마음이 아프니까 몸이 아픈 걸까? 윤지는 온몸이 불덩이가 되고 열이 펄펄 나는 게 오히려 좋았다. 정말 다행이었다. 그 누구라도 이런 몸으로는 학교에 갈 수 없을 테니까.

이불을 덮고 있어도 저절로 몸이 덜덜 떨리고 이가 딱딱 마주쳤다.

"아, 엄마, 엄마……."

윤지는 눈을 가늘게 뜨고 누워 엄마를 찾았다. 하지만 엄마는 이미 마트에 출근을 한 후였다. 보나 마나 엄마는 식탁 위에 윤지가 먹을 아침밥을 차려놓고 나갔을 터였다. 아무도 없는 빈집에서 눈을 반쯤 뜨고 창문으로 비스듬히 비쳐드는 아침 햇살을 보자 윤지는 애써 참았던 눈물이 비질비질 흘러내렸다.

'너무 억울해. 난 아무 잘못이 없는데, 잘못이 있다면 쌤이 다정하게 대해주자 그냥 마음이 끌린 것뿐이었는데…… 쌤은 왜 나한테 그런 짓을 했을까. 그런데도 쌤은 아무 일 없다는 듯 멀쩡한데 나만 왜 죄인처럼 도망 다니고 숨어야 하지…….'

윤지는 아무도 없는 빈집에서 처음으로 누구 눈치 안 보고 슬피 울었다. 열에 들떠서 온몸이 덜덜 떨리고 이가 딱딱 마주쳐 졌지만 윤지의 가슴은 용광로보다 더 분노로 들끓었다.

핸드폰이 몇 번이나 울렸지만 윤지는 그걸 받을 힘도 없었다. 보나마나 담임이 무슨 일인가 하고 전화를 했을 터였다. 공부를 잘 하는 아이도, 반에서 눈에 띄는 아이도 아니었지만 지각이나 결석 같은 건 한 번도 안 할 만큼 모범생이었던 윤지가 결석을 했으니 말이다.

"아아, 이대로 그냥 죽어버렸으면!"

윤지는 막다른 길에 들어선 기분이었다. 길을 찾아 나서기보다는 그냥 그 골목 끝에서 주저앉고만 싶었다. 아무리 생각해도 선생은 윤지가 넘을 수 없는 단단한 벽이었다. 이 세상에는 윤지의 손을 잡고 그 벽을 무너뜨리고, 그 벽을 넘어줄 만큼 힘 있는 사람이 아무도 없었다. 아빠도 엄마도 윤지가 의지하기엔 너무 힘이 없었다. 술주정뱅이 아빠가 나서서 뭘 어쩐단 말인가?

윤지는 침대 밑으로 가라앉듯 까무룩 깊은 잠 속으로 빠져들었다.

얼마나 잤을까, 갑자기 방 안이 환해지며 엄마의 목소리가 먼 데서부터 들려왔다.

"윤지야, 윤지! 이렇게 아프면 엄마한테 전화를 하지 그랬어? 담임선생님이 엄마한테 전화를 해서 알았잖아! 아이고, 온몸이 이렇게 불덩이라니! 얼마나 땀을 흘렸으면 이렇게 침대가 푹 젖었니, 응?"

엄마는 울먹이며 윤지를 안아 일으켰다.

"……엄마, ……엄마아……."

윤지는 살그머니 눈을 뜨고 엄마를 불렀다.

"그래, 어서 엄마랑 병원에 가자, 몸이 이 지경이 되도록 내가 모르고 있었다니, 어쩐지 요즘 밥도 잘 안 먹고 얼굴이 핼쑥하더라니. 그런데도 무심하게 보고만 있었네. 자, 어서 옷 갈아입고 가자."

엄마는 윤지가 땀에 푹 젖은 옷을 억지로 벗기고 다른 옷으로 갈아입혔다. 하지만 윤지는 도저히 병원에 갈 기운도 없고, 의사 앞에 가서 뭐라뭐라 말하기도 귀찮았다.

"엄마, 그냥, 감기몸살이야. 약국에 가서 약이나 사다 줘……. 나 오랜만에 푹 자고 싶어. 학교에 안 가니까 너무 좋단 말이야……. 병원에 안 갈래…….”

윤지는 고개를 저었다.

“무슨 소리야? 이렇게 열이 나고 기운이 없는데.”

“아니야, 그냥 집에서 쉬고 싶어. 약 먹고 한잠 자고 싶어.”

윤지는 침대에 쓰러지듯 도로 누웠다.

“하긴 차도 없는데 이런 널 데리고 걸어서 병원에 가는 것도 무리겠구나. 그래, 엄마가 가서 우선 약을 지어올게. 그거 먹어보고 안 나으면 병원으로 가자. 잠깐 누워있어. 엄마 금방 다녀올 테니.”

엄마는 서둘러 밖으로 나갔다. 엄마는 누구보다 천사 같았다. 아빠가 아무리 폭행과 폭언을 퍼부어도 엄마는 참고 또 참았다. 아빠가 언젠가 예전의 착한 남편으로 돌아오길 기다리면서. 윤지는 엄마에게 몇 번이나 선생에게 당한 일을 털어놓을까 망설였지만 도저히 말을 꺼낼 수 없었다. 엄마는 엄마가 짊어진 삶의 무게만으로도 이미 허리가 휠 지경이었으니까. 마치 무거운 짐을 지고 뜨거운 사막을 터덜터덜 걸어가는 낙타처럼 간신히 걷고 있는 엄마에게 윤지가 짐 하나를 더 얹어 놓으면 엄마는 아마 걷지도 일어서지도 못한 채 앞으로 고꾸라질지도 몰랐다.

‘그럴 수는 없어. 이 일은 엄마가 절대 알아서는 안 돼.’

윤지는 여전히 식은땀을 흘리면서 속으로 중얼거렸다.

엄마는 윤지를 위해 흰 죽을 끓여서 떠먹이고, 약국에서 지어온 감기몸살 약을 먹였다. 윤지는 약기운이 퍼지자 또 한 차례 깊은 잠에 빠져들었다. 그러다간 그만 윤지는 선생이 슬금슬금 옆으로 다가와 윤지의 가슴과 엉덩이를 마구 만지는 꿈을 꾸었다.

"으악, 싫어, 싫어, 싫다고!"

윤지는 소스라쳐 놀라 손을 허우적거리며 외마디 비명을 질렀다.

"윤지야, 왜 그래? 무서운 꿈꿨어? 혹시 너 학교에서 무슨 문제라도 있는 거야? 혹시 나쁜 아이들한테 돈 내놓으라는 협박이라도 당했어? 아니면 아이들이 널 왕따라도 시키니?"

엄마가 달려와 걱정스레 물었다.

"아니야, 엄마, 그냥 무서운 꿈꿨어. 괴물이 나타나서 나를 덮치려는 꿈."

"몸이 허해서 그런 꿈을 꾸는 거야. 네가 그동안 아빠한테 시달리느라 몸과 마음이 다 약해진 거야. 윤지야, 미안하다, 정말 미안하구나."

엄마는 눈물을 글썽이며 윤지의 손을 꼬옥 잡아주었다.

윤지는 꿈에 괴물이 나타났다고 둘러댔지만, 사실 그 선생은 윤지에게 괴물과 마찬가지였다. 웃음과 달콤함으로 무장한 괴물!

'그래, 언제까지 그 괴물을 피할 수는 없어. 그리고 아무 잘못도 없는 내가 왜 먼저 그 괴물을 피해야 하지? 이젠 당당하게 나도 맞설 거야. 그 뻔뻔한 괴물의 얼굴을 당당하게 마주볼 거라고. 다시는 바보처럼 당하지 않을 거야.'

윤지는 속으로 열 번 백 번 다짐하였다.

그런데 그날 밤이었다. 무심코 핸드폰을 열어 본 윤지는 낯선 문자를 보다가 그만 소스라쳐 놀라 핸드폰을 침대에 떨어뜨렸다.

"세상에!"

어떻게 윤지의 전화번호를 알았는지 선생이 문자를 보내왔다.

> 윤지야, 오늘 결석을 했더구나.
> 미술 시간에 너의 빈자리를 보며 마음이 아팠단다.
> 아무래도 네가 나를 피하려고 결석을 한 것만 같아서 말이다.
> 나는 너에게 상처를 주려고 했던 게 아니란다.
> 그날 내 감정과 행동이 지나치긴 했지만
> 네가 정말 사랑스럽고 귀여워서 한 일이었다.
> 너는 나에게 영감을 주는 사랑스런 뮤즈니까.
> 그러니 다시 그림을 그리러 미술실에 나오지 않겠니?
> 참 너희 엄마가 싸 주신 김밥은 내가 잘 먹었다.
> 도시락도 찾으러 올 겸 꼭 나와 주기 바란다.

"아아악!"

문자 속에서 선생의 비열한 목소리가 들리는 듯했다. 윤지는 그래도 선생이 그날 어쩌다가, 순간적으로 실수를 저질렀다고 생각하려 애썼다. 그런데 문자를 보니 그게 실수가 아니라 정말 계획적으로, 의도적으로 벌인 일이라는 생각을 지울 수 없었다. 선생은 뻔뻔하게도 윤지에게 다시 손을 내밀고 있었다. 뱀처럼 혀를 널름널름거리면서 다시 자기 곁으로 오라고 손짓하고 있었다. 선생이 엄마가 싸준 김밥을 먹었다는 구절에서는 저절로 구역질이 났다.

'그럴 수는 없어. 쌤은 나에 대한 미안함이나 죄책감은 조금도 갖고 있지 않아. 나는 이렇게 괴로워 죽겠는데 그 도시락을 아무렇지도 않게 다 먹었다고? 어쩜 그렇게 뻔뻔스러울까.'

윤지는 이불을 뒤집어쓴 채 발버둥 치며 울었다. 하지만 엄마가 옆방에 있어서 차마 소리도 못 내고 속으로만 울 뿐이었다.

다음 날 윤지는 핼쑥한 얼굴로 학교에 갔다.

"너, 꾀병이 아니라 진짜 많이 아팠나 보다. 얼굴이 반쪽인걸."

"크크, 미술 쌤이 너 결석한 걸 보곤 깜짝 놀라던데? 수제자님께서 안 나오니까 걱정이 되셨나보더라."

아이들이 윤지가 들어서자 한마디씩 하였다. 하지만 윤지는 아무런 대꾸를 하고 싶지 않았다. 윤지는 그날 이후 복도를 지나다가도, 운동장을 지나가다가도 선생이 보이면 얼른 몸을 피했다. 미술 시간에도 될 수 있으면 눈에 띄지 않으려 애를 썼다. 선생은 그 후에도 몇 번 미술실로 오라는 문자를 보내더니 윤지가 반응이 없자 곧 관심을 끊었다.

'내가 그동안 너무 착하게 살았어. 그래서 쌤이 나를 무시하고 만만하게 본 거야. 이제부터 나도 삐딱해지고 말 테야.'

윤지는 아무리 해도 사라지지 않는 분노와 억울함을 다른 데서 풀기로 했다.

누리여고 1학년 중에서 가장 센 아이들은 바로 미정이네 패거리였다. 그 아이들은 뭐가 그리 즐거운지 날마다 학교에 와서도 깔깔 거리며 웃고 공부 따윈 상관하지 않았다. 학교 수업이 끝나면 곧바로 연기 학원에 간다며 담임에게 거짓말을 하곤 야자를 빼먹었다. 윤지는 그 아이들이 너무 부러웠다. 거침없는 행동, 거침없는 말투, 공부 따위는 개나 줘 버리라는 식으로 우습게 여기는 태도도 멋져 보였다.

'나도 미정이네 패거리처럼 살 테야. 나처럼 꼬박꼬박 야자를 하는 것도 바보지. 공부해봤자 술주정뱅이 아빠가 대학등록금을 내줄 것도 아니고, 엄마만 힘들게 할 거야. 대학도 안 갈 거면서 공부는 해서 뭐해. 대학 안 가고도 잘 먹고 잘사는 사람들이 많잖아. 이제부터 나도 내 멋대로 살 테야.'

윤지는 한때 선생의 달콤한 사탕발림에 속아서 장 미쉘 바스키아처럼 그림을 그리고 싶었다.

'장 미쉘 바스키아 좋아하시네!'

윤지는 콧방귀를 뀌며 비웃었다.

어느 날 윤지는 담임을 찾아가 말했다.

"쌤, 저 오늘부터 야자 빼주세요."

"아니, 왜, 무슨 일 있어? 지금부터 열심히 공부해도 대학 갈까 말까 하는데 어쩌려고?"

선생은 눈을 동그랗게 뜨고 물었다. 짧은 단발머리를 한 장유정 선생은 아이들에게 언니처럼 쿨하게 굴어서 인기가 많은 편이었다.

"저, 대학 안 가요. 그러니까 야자 할 필요 없잖아요."

윤지는 어디서 그런 용기가 났는지 난생처음 담임에게 대들 듯 말했다.

"부모님이랑 상의한 일이야? 아님 너 혼자 결정한 일이야?"

"부모님이랑은 상관없어요. 어차피 대학 보내줄 형편도 아닌데요 뭐."

이상한 일이었다. 착한 학생 코스프레에서 벗어나자 윤지는 아무것도 겁날 게 없었다. 이때까지는 자기가 하고 싶은 대로 단 한 번도 못 해본 윤지였다. 이젠 달라지고 싶었다. 늘 누군가의 눈치를 보고, 늘 누군가의 뜻대로, 주눅 들어 사는 건 싫었다.

"아니, 윤지야, 갑자기 왜 그래? 이건 네 인생에서 아주 중요한 문제야. 지금 인생의 방향키를 잘 잡아야 앞으로도 쭈욱 네가 원하는 삶을 살 수 있거든. 뭐, 그래, 네 말대로 대학은커녕 초등학교만 나오고도 잘 먹고 잘살고 돈과 명예를 얻는 사람도 많이 있어. 하지만 윤지야, 그런 사람은 벼락 맞고 죽을 확률보다 적다는 걸 알아야 해. 공부해서 네가 원하는 걸 얻는 게 더 지름길이라니까."

선생은 야단을 치는 대신 실질적인 충고를 하였다. 하지만 윤지는 선생의 말이 가슴에 와닿지 않았다. 일단은 학교를 벗어나고만 싶었다. 할 수만 있다면 자퇴를 하고 검정고시를 보고 싶을 만큼.

"싫어요. 공부하기 싫다고요. 제발 허락해주세요, 네?"

윤지는 선생에게 졸라댔다.

"아니 신윤지, 너 갑자기 왜 그래? 늘 얌전하고 모범생인 우리 윤지가 왜 이러는 거지? 무슨 일 있니? 나한테 이야기해 봐. 내가 의논 상대가 되어줄 테니."

담임은 걱정스레 윤지를 바라보며 어떻게든 설득하려 애를 썼다.

"아무 일 없어요. 그냥 공부가 하기 싫어요. 학교가 감옥처럼 느껴진다고요. 그러니까 야자 빼주세요."

윤지는 담임의 허가증이 있어야 그 무서운 수위 아저씨가 교문을 통과시켜준다는 걸 알고 있었다. 어떻게든 담임의 허가가 필요했다.

"야아, 신윤지, 네가 이렇게 쎄게 나오니까 내가 당황스럽구나. 오케이, 그렇게 공부가 하기 싫으시단 말씀이지? 그럼, 그렇게 해야지 뭐. 일주일 정도 빼줄 테니까 한 번 마음대로 해 봐. 그런 다음에 다시 이야기 하자. 단 한 가지 나하고 약속하자. 자유가 방탕은 아니라는 것, 무슨 말인지 알지? 내가 너에게 일주일을 준 건, 바로 너를 생각할 시간을 준 거지, 마음대로 그 시간을 보내도 된다는 건 아니라는 뜻!"

장유정 선생은 더 이상 윤지를 붙잡지 않고 쿨하게 놓아주었다.

"쌤, 고맙습니다."

윤지는 일단 일주일이라는 시간을 벌자 기분이 조금 좋아졌다. 방과 후에 답답한 학교를 벗어나 마음대로 지낼 수 있다는 사실만으로도 마음이 조금 후련해졌다.

학교를 빠져나온 윤지는 지하철을 타고 무조건 홍대 쪽으로 갔다. 이런 시간에 그런 복잡한 곳에 가 본 적이 없는 윤지였지만 그냥 번화하고 사람 많은 곳에서 시간을 보내고 싶었다. 홍대입구역에서 내린 윤지는 표지판을 보고는 무작정 홍대 쪽으로 나갔다.

어느 틈에 밖은 어둑어둑해지고 젊은 오빠 언니들로 거리는 복닥거렸다. 거리에는 가판대를 열고 반짝이는 장신구며 신발, 옷을 파는 상인들이 늘어서 있었다. 윤지는 가게들이 즐비하게 늘어선 골목 쪽으로 걸어갔다. 교복을 입고 등에 백팩을 메고 있는 아이들도 더러 보이긴 했지만 윤지처럼 혼자인 아이는 없었다. 윤지는 아무도 자신을 알지 못하는 낯선 곳으로 오자 저절로 가슴이 탁 트이고 몸이 가벼워진 느낌이었다.

신나는 음악이 마구 흘러나오고, 불빛이 반짝이는 가게 안으로 들어가 옷 구경도 하고, 화장품 가게에 들어가 요즘 아이들에게 인기 있는 틴트도 발라보고 볼 터치도 해보았다.

'미아가 알면 기절하겠지?'

문득 미아가 그리워졌다. 미아에게 먼저 손을 내밀고 미안하다는 말을 하려 했지만 마음이 뒤틀린 윤지는 그 기회를 놓치고 말았다.

"학생, 찾는 화장품 있니?"

화장을 뽀얗게 한 점원 언니가 옆으로 다가와 물었다.

"네, 우선 구경 좀 할게요."

윤지는 비비 크림 샘플을 손등에 찍어 얼굴에 바르다간 머뭇거리며 대답했다. 화장품이라고는 엄마가 마트에서 사다 준 로션 한 개가 고작이었는데 매장에는 여학생들을 위한 화장품이 넘쳐났다. 입술에 바르는 루즈 종류만 해도 빨강, 주황, 분홍, 갈색 등 뭐가 뭔지 모를 정도로 많았다. 하지만 기세 좋게 옷 가게, 신발 가게, 화장품 가게를 둘러봤지만 윤지는 그 어느 것도 살만한 돈이 없었다.

'아이들은 대체 용돈을 얼마나 많이 받기에 이런 걸 척척 사는 걸까?'

윤지는 새삼 속이 상했다. 윤지처럼 한 달에 겨우 3만 원을 받아서는 결코 살 수 없는 것들이었다. 아무것도 사지 않고 눈요기만 하다 나오려니 뒤통수가 따가웠지만 도리가 없었다.

윤지는 다시 어슬렁어슬렁 밤거리를 돌아다니다 보니 슬슬 배가 고팠다. 그러고 보니 저녁도 안 먹은 채였다. 윤지는 여기저기 둘러보다가 햄버거집으로 들어갔다.

그런데 윤지가 더블 치즈버거 하나랑 콜라를 사들고 2층 창가에 앉아 지나가는 사람들을 구경하며 마악 햄버거 한 입을 베어 물었을 때였다.

"야, 신윤지, 어머머, 비슷한 아이인 줄 알았는데 얘 정말 신윤지네!"

"뭐야? 너도 야자 땡땡이친 거야? 너 같은 범생이가?"

입술에 빨간 루즈를 바르고 눈에다 마스카라를 잔뜩 칠한 미정이와 보미, 연두가 눈이 휘둥그레져서는 윤지를 바라보았다. 그 세 명은 날마다 똘똘 뭉쳐 다니는 단짝들이었다. 그들보다 더 놀란 건 윤지였다.

"어, 너, 너희들이 여기 웬일이니?"

"누가 할 소리! 우린 이 집 화장실에서 이렇게 예쁘게 화장하고 옷 갈아입고 나오는 거지!"

그러고 보니 아이들은 어느 틈에 교복을 벗어던지고 짧은 미니스커트에 착 달라붙는 티셔츠 차림이었다. 누가 봐도 여고생이 아니라 대학생처럼 보였다.

"그런데 넌 어떻게 빠져나왔니?"

미정이가 여전히 놀란 얼굴로 물었다.

"그냥 담임 쌤한테 말하고 나왔어. 조금 답답해서."

"오호, 신윤지, 대단한데? 그럼, 이왕 나온 김에 우리랑 같이 갈래? 우린 이제부터 록카페에 가서 춤추고 놀 거야. 거긴 우리 같은 고딩들도 많이 오고 대학생 오빠들도 온단다."

"내가? 난 춤도 못 추는데? 그리고 이렇게 교복을 입어서……."

윤지는 갑작스레 닥친 일이라 어리둥절한 얼굴로 말끝을 흐렸다.

"야, 보미야, 너 아까 산 분홍 반짝이 티셔츠 있지? 그거 윤지 좀 빌려줘. 교복 치마 위에 입으면 감쪽같을 테니. 그리고 쟤 저 촌스런 얼굴도 좀 어떻게 해주고."

미정이는 마치 대장처럼 보미에게 명령했다.

"오케이! 윤지야, 나랑 같이 화장실에 가서 옷 갈아입자."

보미는 다짜고짜 윤지의 팔을 잡아끌고 화장실로 가서는 새로 산 분홍 반짝이 티셔츠로 갈아입히고 빨간 루즈랑 볼 터치, 마스카라를 해주었다. 그러자 아까 화장품 가게에서 분홍색 틴트를 살짝 발랐을 때 하곤 완전 딴 얼굴이 되었다.

"호호, 신윤지, 너 이렇게 화장하니까 예쁘다. 눈이 마치 뮬란 같아."

윤지는 늘 작고 찢어진 눈이 콤플렉스였는데 뮬란 닮았다는 말에
저절로 웃음이 났다. 처음에는 미정이 패거리를 만나자 살짝 겁이 나
고 두려웠는데 아이들이 반갑게 대해주자 슬슬 록카페에 대한 호기
심도 생겼다.

"자, 그럼 가볼까?"

미정이는 암탉처럼 아이들을 우르르 몰고 어디론가 앞장서서 걸어
갔다. 그곳은 번화가에서 조금 떨어진 골목에 있는 한 상가 건물의 지
하였다. 가까이 다가가자 입구에서부터 신나는 음악소리가 막 흘러나
왔다. 한쪽 벽면을 보니 '청춘 373'이라는 간판이 붙어있었다. 윤지
는 청춘이라는 말이 참 촌스럽다는 생각을 하며 층계를 내려갔다. 문
을 열자마자 어두컴컴한 실내에서 아이들이 흔들흔들 춤을 추고 있는
모습이 눈에 들어왔다.

"자, 저쪽으로 가서 앉자. 오빠, 우리 왔어, 맥주 4병!"

미정이는 단골손님처럼 서빙하는 남자를 향해 손가락 4개를 펴보
였다.

"술을 마신다고?"

윤지는 흠칫 놀라 물었다.

"야, 그럼, 여기까지 와서 콜라 마시랴? 촌스럽게 굴지 말고 그냥
우리가 하는 대로 따라 해."

미정이가 눈을 흘기며 면박을 줬다. 머쓱해진 윤지는 자리에 앉아
그제야 천천히 실내를 둘러보았다. 한쪽 벽에는 유리 상자 같은 디제

이 부스가 있고, 요란한 차림을 한 디제이 오빠가 일어선 채 현란한 손놀림으로 음악을 믹싱하고 있는 게 보였다. 테이블에 앉은 아이들은 남녀가 서로 합석을 한 채 술을 마시며 웃고 떠들고 있었다. 하지만 그곳은 이야기를 하기 위한 장소가 아니라 춤을 추는 곳인 모양이었다. 이야기를 하기엔 실내가 너무 시끄럽고 어두웠다.

"윤지야, 너도 나갈래?"

연두가 윤지를 보며 엄지손가락을 무대 쪽으로 척 치켜들었다.

"아, 아니야, 나는 춤 못 춰. 그냥 구경만 할게."

윤지는 질색을 하며 고개를 절레절레 흔들었다. 한 번도 춤이라는 걸 춰본 적이 없는 윤지의 몸은 지레 장작개비처럼 딱딱하게 굳었다.

"그래, 오늘은 처음이니까 구경하고 있어. 술이나 마시면서."

아이들은 불빛이 현란하게 비치는 무대로 나가 능숙하게 춤을 추기 시작하였다. 장차 연예인이 되려는 아이들이라 그런지 몸놀림이 예사롭지 않았다. 한참 아이들이 춤을 추기 시작하자 자리에 앉아있던 고등학생인지 대학생인지 모를 남자 몇몇이 나가서 함께 어울리는 모습을 보였다.

'정말 대단하구나.'

윤지는 자리에 앉아서 넋을 잃은 채 아이들의 모습을 구경하였다. 그러다간 문득 탁자에 놓인 술병을 바라보았다. 아빠 때문에 술이라면 지긋지긋한 윤지였지만 문득 호기심이 생겼다. 어릴 때 아빠가 마시다 만 오줌처럼 찝찔한 맥주 한 모금을 마시곤 진저리를 치며 몇 번이나 입을 행군 기억 때문인지 은근히 겁이 났다.

윤지는 조심스레 병을 입에 대고 한 모금을 마셨다. 쌉싸름한 맥주가 목을 따라 스르륵 내려갔다. 그런데 이상하게도 그게 싫지 않았다. 시원한 물줄기가 목을 지나 뱃속으로 내려가자 막혔던 무언가가 좀 뚫리는 기분이었다. 윤지는 다시 또 한 모금을 쭈욱 마시다간 아예 맥주 한 병을 순식간에 비우고 말았다. 술이 들어가자 요란한 불빛 속에서 음악에 맞춰 몸을 흔드는 아이들의 모습이 마치 바닷속을 흐물흐물 헤엄치는 물고기들처럼 멋져 보였다. 흐느적흐느적, 때로는 경쾌하게, 격렬하게 아이들은 춤 속으로 빠져들었다.

'아빠도 이런 기분 때문에 술을 마시는 걸까?'

윤지는 선생에 대한 추한 기억도 분노도 억울함도 다 잊은 채 의자에 깊숙이 앉아 그 분위기를 즐겼다.

"오호호, 신윤지, 벌써 맥주 한 병을 다 마셨네! 자, 이제 구경 그만하고 너도 좀 나와 봐, 어서!"

미정이가 윤지의 손을 잡아끌었다. 술을 마셔서인지 윤지의 몸이 가볍게 무대 쪽으로 이끌려 나갔다.

"윤지야, 그냥 음악에 맞춰 몸을 조금씩 움직이면 돼."

연두가 귓속말로 이야기를 해주었다. 윤지는 연두 말대로 조금씩 몸을 흔들었다.

'춤 별거 아니네 뭐.'

술 때문인지 분위기 때문인지 윤지는 낯설고 두려운 마음이 조금씩 가시기 시작하였다. 또 거기 모인 사람들은 남을 쳐다볼 겨를도 없이 그저 자기 방식대로 춤추며 그 순간을 즐기느라 윤지에겐 관심도 없었다.

윤지는 난생처음 와본 록카페에서 신나게 춤을 추었다.

그러다 보니 어느 틈에 야자가 끝나고도 시간이 한참이 지나 있었다. 문득 엄마가 기다릴 걸 생각하니 윤지는 조금 조바심이 났다.

"너희들 집에 안 가? 난 가야 될 거 같아."

윤지가 벗어놓은 백팩을 어깨에 메며 말했다.

"아이고, 범생이는 역시 범생이네. 우린 좀 더 놀다 갈게. 너 먼저 가."

"그런데 여기 비싸지? 내가 얼마 내야 하니? 지금 나한테 만원 있거든."

윤지는 지갑에서 만 원짜리 한 장을 꺼내 내놓았다.

"어머, 윤지야, 됐어, 오늘은 연두가 다 쏘기로 했단다. 연두가 어제 미국에서 오신 할머니한테 용돈을 이십만 원이나 받았대. 그러니까 넌 그냥 가, 오케이?"

"정말 그래도 되니? 고마워. 안녕!"

윤지는 서둘러 '청춘 373'을 빠져나왔다. 밖에는 여전히 많은 사람들이 북적이고 있었다. 윤지는 부리나케 지하철역으로 달려갔다. 다행히 지하철은 아직 끊어지지 않았다. 핸드폰을 꺼내 보니 열통도 넘는 엄마의 부재중 전화가 걸려와 있었다. 카톡에도 걱정스런 메시지가 잔뜩 들어와 있고.

'어떡하지?'

지하철역에서 내려 집 쪽으로 걸어가던 윤지는 그때서야 아차 싶었다. 교복을 벗은 채 보미의 티셔츠를 입은 데다 얼굴에는 도깨비처럼 진한 화장을 하고 있다는 걸 깜빡한 거였다.

윤지는 잠시 고민에 빠졌지만 어디에 들어가서 화장을 지우고 옷을 갈아입기엔 이미 시간이 너무 늦었다. 윤지는 하는 수 없이 그냥 부리나케 언덕 쪽으로 올라가기 시작하였다.

"윤지야!"

아니나 다를까, 언덕 중간쯤 놀이터에 앉아서 기다리고 있던 엄마가 큰 소리로 윤지를 불렀다.

"어, 엄마!"

"아니 도대체 12시가 다 되어 가는데 어디서 뭘 하다 이제 오는 거야? 이런, 얼굴은 또 왜 그래? 화장했어? 옷은 또 그게 뭐고?"

엄마는 어둠 속에서도 윤지의 변화를 금방 알아차린 모양이었다.

"친구 생일이라고 갔더니 친구들이 장난삼아 해준 거야. 지우려고 했는데 시간이 없어서 그냥 온 거야. 엄마, 빨리 집에 가자, 나, 너무 피곤해."

윤지는 너스레를 떨며 엄마의 손을 잡아끌었다.

"윤지야, 나, 너만 믿고 사는 거 알지? 너는 내 꿈이자 희망이야. 엄마는 그저 네가 잘되길 바랄 뿐이란다. 아무 탈 없이 잘 커서 올바른 가정 이루고 사는 걸 보는 거야.”

　엄마는 샤워를 하고 나온 윤지를 붙잡고 말했다. 귀에 못이 박히도록 듣고 또 들어온 말이었다. 그 순간 윤지는 와락 짜증이 났다.

　“엄마, 자꾸 그런 말 하지 마. 잘 되는 게 뭔데? 우리 형편에 지금보다 달라질 게 뭐가 있겠어? 소도 비빌 언덕이 있어야 된다잖아. 난 그냥 내 맘대로 살 거야. 내가 하고 싶은 대로 하고 살 거라고. 그러니까 엄마도 제발 천사 같은 소리 좀 그만해! 엄마가 그런 말할 때마다 내가 얼마나 지겨운 지 알아? 도망가고 싶어진다고!”

　윤지는 냅다 소리를 질렀다.

　“윤지야, 아무래도 네가 요즘 이상해진 것 같아. 왜 자꾸 화를 내고 삐딱하게 구는 거니? 요즘은 미술선생한테 가서 그림 안 배워? 그렇게 그림 그린다고 좋아하더니만.”

　엄마가 의아한 얼굴로 윤지를 바라보았다.

　“으악, 엄마, 미술 얘기는 이제 내 앞에서 꺼내지도 마. 이 세상에 공짜가 어디 있겠어! 내가 미술을 배우려면 그 대가를 쌤한테 줘야 한다고. 엄마가 그게 뭔지 알기나 해? 싫어, 난 이제부터 아무 것도 안 할 거야. 그냥 막 살 거라고!”

　윤지는 엄마에게 마구 패악을 떨었다. 자꾸만 속에서 부글부글 화가 나고 소리를 지르고 싶었다. 미정이 패거리와 신나게 노느라 잠시 잊고 있었던 기억들이 마구 떠오르며 가슴에서 불덩이가 치솟았다. 옆방에서 숨죽여 우는 엄마의 울음소리를 들으니 더욱더.

06

보이지 않는 슬픔들

어느 틈에 봄이 지나고 여름이 찾아왔다. 연두색 잎 새가 초록으로 변하는 동안 윤지도 조금씩 달라졌다. 담임선생과 1주일의 약속이 끝난 뒤에도 가끔 야자를 땡땡이치고 미정이 패거리들과 어울려 놀았다. 미정이는 쎈 이미지와 달리 마음도 착하고 친절해서 윤지를 잘 돌봐주었다. 담임의 사인을 위조해서 윤지에게 줄 정도로. 미정이의 솜씨는 수위 아저씨가 감쪽같이 속아 넘어갈 정도였다.

하지만 수위 아저씨를 쉽게 속일 수는 있어도 미정이 그룹과 노는 것도 쉬운 일은 아니었다. 한 번 나가서 놀 때마다 돈이 너무 많이 들었다. 윤지는 난생처음 엄마에게 이런 거짓말, 저런 거짓말을 하며 돈을 얻어내서는 아이들과 어울리는데 다 썼다.

윤지는 수업시간에 미술 선생 얼굴을 보는 것도, 자꾸만 그날의 일들이 떠올라서 괴로웠지만 누가 알까 봐 자신의 감정을 안으로 꼭꼭 숨긴 채 그렇게 그 시간을 보냈다. 하지만 아무리 떨쳐버리려 해도 그 날, 윤지 안에 들어있던 소녀가 떠나던 그 날의 기억은 좀처럼 윤지의 머릿속에서 사라지지 않았다.

'내가 뭘 잘못했을까? 그날 어떻게 행동을 했어야 했을까?'

윤지는 아무리 곱씹어 보아도 답을 알 수 없었다.

그러던 어느 토요일 오후였다. 윤지는 미리 약속한 대로 미정이 패거리들과 만나기로 한 홍대 앞 카페로 갔다. 짧은 치마에다 티셔츠를 입고 지하철 화장실에서 어느 틈에 화장까지 하고서였다.

"오늘 우리 날씨도 좋은데 연트럴 파크에 갈까?"

팥빙수를 다 먹고 나자 미정이가 말했다.

"연트럴 파크?"

윤지가 고개를 갸우뚱하고 물었다.

"응, 예전에 경의선 기차가 다니던 길에 만든 공원이란다. 연남동과 미국 뉴욕에 있는 센트럴 파크를 합해서 만든 신조어야."

보미가 설명을 해주었다. 윤지는 아이들을 따라 홍대 역 3번 출구 쪽으로 해서 천천히 연트럴 파크로 갔다. 쭉쭉 뻗은 나무와 길에 늘어선 예쁜 카페와 가게들, 피크닉을 온 듯 잔디밭에 담요를 깔고 앉아 맛있는 음식을 먹고 웃고 떠드는 사람들로 북적였다.

그때였다. 천천히 길을 따라 걸어가고 있는데 한 남자아이가 미정이의 팔을 툭 쳤다.

"우와, 종훈아, 오랜만이다. 너희들도 여기로 놀러 나온 거야?"

"응, 너희는 어디로 가는 길이냐? 우리 같이 놀까? 내 친구들이랑 같이."

남자아이는 보미와 연두, 윤지를 흘끔흘끔 바라보며 웃었다.

"얘들아, 인사해. 중학교 때 내 친구야. 얘가 나를 얼마나 졸졸 따라다니던지. 좋아, 그러지 뭐."

미정이는 다른 아이들의 생각은 물어보지도 않고 선뜻 승낙을 해 버렸다.

공교롭게도 짝을 맞춘 듯 남자아이들 4명에 여자아이들 4명이었다.

"그럼, 우리 카페 '청춘 373' 갈래? 거기가 젤 놀기도 좋고 맘도 편하고."

"좋지, 우리도 여러 번 가본 곳이야."

종훈이도 고개를 끄떡이며 찬성을 하였다. 윤지는 남자아이들과 같이 어울려 노는 게 썩 내키지 않았지만 하는 수 없이 따라갔다.

토요일이라 그런지 카페 '청춘 373'에는 초저녁부터 사람들로 북적였다. 아이들은 익숙하게 맥주를 시키고 음악을 들으며 몸을 흔들다 간 하나둘 무대로 나가 춤을 추기 시작하였다. 윤지는 남자들과 같이 있는 게 익숙하지 않고 자꾸만 신경이 예민해졌다. 윤지는 자리에 앉아 맥주를 홀짝홀짝 마셨다. 첫날은 그렇게 쓰더니 이젠 목에서 거부감 없이 쑤욱 내려갔다. 그때 춤을 추던 한 남자 아이가 자리로 돌아와 윤지 앞자리에 앉더니 맥주병을 들고 건배를 하였다. 윤지는 멋쩍게 병을 들었다 놓고는 아이들이 춤추는 모습을 바라보았다.

"뭐라고?"

남자아이가 뭐라고 묻자 윤지는 시끄러운 음악 소리 때문에 들리지가 않았다. 그러자 남자아이가 윤지 옆으로 자리를 옮겨 앉았다.

"이름이 뭐냐고 물었어. 난 최동우라고 해. 우린 다 대림고에 다니는 친구들이고."

"신윤지라고 해."

윤지는 짧게 대답하곤 또 무대 쪽으로 시선을 돌렸다. 최동우라는 아이의 불량해 보이는 차림이 마음에 들지 않는 데다 이런 일은 처음이라 너무 쑥스럽고 어색했다.

"신윤지, 넌 미정이 친구 맞아? 어쩐지 넌 저 아이들하곤 다른 거 같은데? 어딘가 순수해 보이고 말이야."

동우는 윤지에게 잘 들리도록 옆으로 바짝 다가앉으며 손을 어깨에 얹은 채 말했다. 그 순간 윤지는 갑자기 화가 치밀었다. 순수하다는 말, 청순하다는 말, 그런 말로 선생은 윤지를 꼬드겨서 몹쓸 짓을 하지 않았던가. 게다가 동우가 어깨에 손을 얹자 와락 불쾌감이 느껴지고 소름이 돋았다.

"야, 너, 어디다 손을 대는 거야? 저리 꺼지지 못해!"

윤지는 화를 버럭 내며 동우를 옆으로 확 밀쳐냈다. 동우의 몸이 의자 끝으로 휙 밀려났다.

"뭐야? 이 기집애, 정말 웃기네. 어디서 촌닭 같은 년이 혼자 앉아

있기에 불쌍해서 말을 걸었더니, 뭐라고? 저리 꺼지지 못하냐고? 이
게 정말!"

느닷없이 봉변을 당한 동우는 순간 눈꼬리가 샐쭉 올라가더니 윤지
의 팔을 확 낚아채며 소리쳤다.

"아얏, 이거 안 놔? 어서 놔!"

윤지가 마구 소리를 질렀다. 하지만 아이들은 시끄러운 음악소리
에 맞춰 춤을 추느라 정신이 없는지 윤지가 소리를 지르는데도 쳐다
보지도 않았다.

"너, 내가 누군지 알아? 대림고 짱인 나를 건드려? 아우, 이걸 그냥!"

동우는 금방이라도 윤지를 때릴 듯 손을 번쩍 들고는 으름장을 놓
았다. 아빠에게 툭하면 매를 맞아서 맞는 거에는 익숙해진 윤지였다.
무서울 게 없었다.

"지금 나를 때리겠다고? 그래, 좋아, 때릴 테면 때려 봐, 어서!"

그렇잖아도 간신히 화를 억누르며 지내던 윤지는 악을 쓰며 동우
에게 대들었다. 윤지 마음속에서 몸을 웅크린 채 음흉하게 엿보고 있던
괴물이 드디어 그 본색을 다 드러내고 있었다.

"어, 어어, 왜들 그래? 어서, 그만두지 못해?"

그제야 서빙을 하던 오빠들이 달려와 둘을 말렸다. 미정이와 연두,
보미, 남자아이들도 놀라서 달려왔다.

"뭐야, 너희들? 무슨 일이야? 설마, 너 윤지를 때린 거야?"

미정이는 윤지와 동우를 번갈아 쳐다보며 소리를 질렀다.

"저년이 겁대가리 없이 나를 먼저 쳤다니까. 그래서 한 대 때리려다가 하도 기가 막혀서 참았다, 왜?"

동우는 여전히 매서운 눈으로 윤지를 쏘아보았다.

"야, 최동우, 네가 아무리 대림고 짱이라도 그렇지. 사내답지 못하게 여자를 패려 하다니! 그것도 이 최미정이 데려온 친구를? 너, 나랑 한 판 붙을래?"

미정이가 씩씩대며 발 하나를 탁자 위에 쾅 소리 나게 올려놓았다.

"야아, 미정아, 너까지 왜 그러냐? 다들 그만해. 우연히 만나서 즐겁게 놀려고 했더니 이게 뭐냐, 에이, 기분도 그렇잖은데 우리 나가서 술 마시자."

종훈이가 설레발을 치며 두 사람을 막아섰다. 그러자 동우는 어이가 없다는 듯 미정이를 보며 픽 웃었다.

"그래, 내가 봐준다, 봐줘. 젠장, 나가자."

동우는 더 이상 윤지를 갈구지 않고 앞장서서 나갔다.

"윤지야, 너 동우가 얼마나 무서운 애인지 알고나 건드렸니? 아무튼 모르면 무식하다니까. 그나저나 같이 나가자. 화해를 해야 할 거 아니야."

"그냥 너희들끼리 가. 나는 집에 갈 테니."

윤지는 더 이상 아이들과 어울리고 싶지 않았다. 이미 기분이 잡친 뒤였으니까. 하긴 이번 싸움은 순전히 윤지의 잘못이었다. 동우가 그 선생처럼 어깨에 손을 얹고 순수하다는 말을 하는 순간 정신이 확 돈

건 윤지였으니까. 그 선생과의 일들은 뜻하지 않은 순간에도 두더지처럼 불쑥불쑥 올라와 윤지를 괴롭혔다.

아이들은 우르르 건너편에 있는 치킨집으로 몰려갔다. 윤지는 마지못해 그 자리에 앉았다.

"자, 닭다리 한 개는 최동우, 또 한 개는 신윤주에게 드립니다. 두 사람은 닭다리를 들고 화해의 의식을 거행해야 합니다."

종훈이가 닭다리 두 개를 들고는 하나는 동우에게 하나는 윤지에게 내밀며 너스레를 떨었다.

"야, 미안해. 근데 너 보기보다 싸움닭이더라. 독이 오르니까 아주 볼 만하던데. 겉보기하곤 완전 달라. 역시 최미정 친구야!"

동우가 먼저 닭다리를 내밀며 말했다.

"나도 미안해."

윤지도 하는 수 없이 닭다리를 부딪쳤다. 닭다리 화해로 썰렁했던 분위기는 좀 나아졌지만 윤지의 마음 한구석은 한없이 슬프기만 했다.

'빨리 잊혀졌으면 좋겠는데. 정말 그 일이 없었던 날로 돌아가고 싶은데.'

그 일은 찰거머리처럼 윤지에게 붙어서 떨어지지 않는 기억이 되어 있었다.

윤지는 기말고사도 어떻게 치렀는지 알 수 없었다. 중간 정도 유지하던 실력은 곤두박질을 쳐서 어느 틈에 바닥을 헤매고 있었다. 이런 식으로 가면 아무리 대학 등록금을 마련한다 해도 갈 대학이 없었다.

'이왕 대학에 안 갈 거면 돈이나 벌어야겠다.'

윤지는 여름방학이 되자 다른 아이들이 학원이다 과외다 하며 눈에 불을 켜고 공부를 하는데 일자리를 찾아다녔다. 윤지는 보충수업이 끝나고 나면 동네 햄버거 가게에 나가 아르바이트를 시작하였다. 용돈이 늘 턱없이 부족해서 아이들이랑 놀 때도 당당하지 못했다. 더치페이를 할 때도 그렇고, 누군가에게 얻어먹을 때도 괜히 떳떳하지 못했다. 그렇다고 엄마한테 용돈을 올려달라는 말조차 할 수 없었다.

'내가 벌어서 쓸 테야.'

윤지는 엄마한테는 비밀로 하고 햄버거 가게에 나와 누구보다 열심히 일했다. 처음에는 겁이 났지만 차츰차츰 주문서를 넣고, 포스를 찍고, 카드 계산을 하고 일을 배우는 건 그리 어렵지 않았다. 하루하루 시간이 지나자 윤지의 지갑에는 점점 돈이 모였다. 그 돈으로 뭘 할지는 아직 생각해보지 않았지만 지갑이 두둑해지자 윤지는 괜히 마음이 든든했다.

그러던 어느 날 뜻밖에도 미아가 햄버거 가게 안으로 쑥 들어왔다.

"어, 미, 미아야!"

윤지는 미아를 보자 반갑게 인사를 하였다.

"너, 언제 일 끝나니? 여기서 너 일 끝날 때까지 기다리고 있을게."

미아는 언제 둘이 토라져서 서먹서먹했냐는 듯 어제도 만나고 그제도 만난 사이처럼 말했다.

"그래? 이제 딱 한 시간만 있으면 교대시간이야. 그때까지 기다릴 래? 내가 뭐 사줄까? 너, 더블 치즈버거 좋아하지?"

"아니 됐어. 아무것도 먹고 싶지 않아."

미아는 창가에 자리를 잡고 앉으며 말했다. 윤지는 파인애플 음료 수 한 잔을 따라다가 미아 앞에다 놓아주었다. 미아가 좋아하는 음 료수였다.

윤지는 미아가 기다리는 한 시간이 너무 길었다. 일을 하면서 힐끔 힐끔 미아를 바라보았다. 미아는 어딘가 달라 보였다. 그렇게 잘 웃 고, 명랑하던 윤미아가 아니었다. 어딘가 잔뜩 걱정이 있는 듯 얼굴 빛이 어두웠다.

'무슨 일이지? 쭌이랑 헤어졌나? 아니면 다른 일이라도?'

윤지는 아무리 생각해도 알 수 없었다.

"미아야, 오래 기다렸지? 이제 끝났어."

마침내 일을 마친 윤지가 미아의 등을 탁 치며 말했다. 그런데 미아 가 눈물을 주르르 흘리며 울고 있는 게 아닌가.

"왜 그래? 무슨 일이니?"

윤지는 깜짝 놀라 물었다.

"우리 엄마가 쭌이랑 나랑 주고받은 카톡 문자를 다 보셨어. 우리 둘이 찍은 사진도. 그날부터 나는 엄마한테 핸드폰도 압수당하고 쭌 이랑 연락도 못 하고 있단다. 엄마가 쭌이한테 할 말 못 할 말 다 퍼 부으며 한 번만 더 나를 만나면 가만두지 않겠다고 엄포를 놓았어. 난 이때까지 우리 엄마가 최고의 지성인이고 교양 있는 사람인 줄 알았는데 이번에 보니까 완전 밥맛이야. 어쩌면 그렇게 이기적이고 상스럽고 교양 없게 구는지! 내가 알던 엄마는 진짜 엄마가 아니었어. 난 이때까지 우리 엄마한테 속고 살아온 거야. 오로지 일류대학, 유명인사, 명예, 최고만을 찾는 속물이더라고. 내가 서울에 있는 일류 대학 못 들어가면 내쫓을 기세야. 우리 집안에 그런 아이는 없다나 뭐라나. 윤지야, 나 이제 어떡하니, 응?"

미아는 눈물을 뚝뚝 흘리며 하소연하였다.

"아니 요즈음 남자친구 없는 아이들이 어디 있다고 그러니? 너희 엄마 너무 심한 거 아니야? 난 너희 엄마가 완전 너를 잘 이해해주는 신세대 엄마인 줄 알았는데."

윤지는 언젠가 길에서 미아랑 같이 걸어가는 미아 엄마를 떠올리며 덩달아 화를 풀풀 냈다. 미아 엄마는 어찌나 세련되고 고상한지 한눈에 딱 커리어우먼처럼 보였다.

"우리 엄마 목표는 내가 아빠 엄마처럼 명문대학에 가는 거야. 좋은 대학을 나와야 좋은 직장에 다닐 수 있고 좋은 배우자를 만날 수 있다는 엄마만의 공식이 있거든. 아직 공부할 나이에 남자 친구를 만나면 그 공식에 위배된다는 거지."

미아는 분노에 찬 목소리로 말했다. 윤지는 생각만 해도 가슴이 조여 오는 듯 답답했지만, 또 한 편으론 그렇게 경제적으로도 사회적으로도 든든한 부모가 곁에 있는 미아가 마냥 부러웠다. 만약 윤지 부모가 미아 부모처럼 당당한 지위에 있었다면 그 선생에 대한 모든 걸 일러바치고 어떻게든 선생의 사과를 받았을지도 몰랐다. 중학교 때 민혜 엄마처럼 말이다. 하지만 윤지는 엄마 아빠를 떠올리자 얼른 고개를 저었다.

"그런데 내가 여기서 일하는 건 어떻게 알았니?"

"너랑 말 안 하는 동안에도 늘 너를 지켜보고 있었어. 네가 미정이 그룹이랑 어울려 다니는 것도 알고. 나는 그런 네가 좀 낯설었단다. 내가 모르는 신윤주가 또 있나 하는 생각도 들고."

미아는 여전히 서운한 표정을 지었다.

"미안해. 너한테 사과할 용기가 없었단다. 사실, 그즈음 내 심사가 아주 고약했거든. 누구든지 만나기만 하면 싸움닭처럼 달려들어 싸우고 싶었어. 사춘기가 다시 찾아온 것처럼 말이야. 그런데 미아야, 오늘, 그냥 날 보러 온 거야?"

"아니, 부탁이 있어서. 네 핸폰 좀 빌려주렴. 쭌한테 전화를 하고 싶어. 쭌 목소리도 듣고 싶고, 쭌이 어떻게 지내나도 궁금하고, 너무 보고 싶어. 또 우리 엄마가 막말을 퍼붓고 상처 준 일에 대해서 사과도 하고 싶고. 그런데 부탁할 사람이 너밖에 없더라. 공중전화로 하려니 누가 볼까 봐 겁이 나서 못하겠고."

"그런 부탁이라면 언제든지 콜이다, 콜! 자, 여기 있어. 실컷 전화를 하렴. 낯선 전번이라 안 받을지 모르니까 우선 문자로 네가 연락하는 거라고 알려주고. 나는 매니저 언니랑 잠깐 수다 떨고 올 테니."

윤지는 미아가 찾아준 것만으로도 고마워서 어떻게든 쭌 하고 연락하도록 해주고 싶었다.

윤지가 자리를 뜨자 미아가 전화기를 들고 한참 망설이다가 문자를 보내는 게 보였다. 윤지는 바쁜 매니저 언니를 도와 테이블 정리도 하고 쓰레기도 치워 주었다. 곁눈질로 보니 미아는 쭌이랑 통화가 되었는지 전화기를 붙잡고 뭐라 뭐라 한참 동안 이야기를 하는 게 보였다. 간간이 미아의 울음 섞인 목소리도 들려오고.

'누군가를 사랑하는 건 저토록 보고 싶고 그립고 애틋한 걸까?'

윤지는 한 번도 누군가를 좋아하고 사랑해본 적이 없어서 그 감정을 알 수는 없었지만 부러웠다. 문득 5층 미술실을 향해 설레는 마음으로 달려갔던 때가 떠올랐다. 대체 그때의 그 감정은 무엇이었을까? 하지만 그건 어디까지나 남자 여자 사이의 사랑은 아니었다. 자신을 인정해주고, 챙겨주고, 관심을 가져주는 것에 대한 고마움, 기쁨, 따스함 같은 거였다. 그 선생은 그런 윤지의 마음을 오히려 즐기며 속으로 음흉한 생각을 하고 있었겠지만.

윤지는 시간이 지나면 잊힐 줄 알았는데 더욱더 생생하게 그 때의 일이 떠오르자 자꾸만 분노가 일었다.

'내가 지금 제일 화가 나는 건 뭘까?'

윤지는 곰곰 생각해 보았다. 그건 사과받지 못한 것에 대한 분노였다. 선생이 윤지를 불러서 진심으로 사과를 했다면 지금처럼 억울하고 분한 마음이 좀 가라앉지 않았을까. 윤지는 멍청히 창밖을 보며 생각에 잠겼다.

"윤지야, 윤지야! 나, 쭌이랑 만나기로 했어. 내 전화받고 쭌이도 반가워서 어쩔 줄 모르더라. 쭌이도 내가 많이 보고 싶었대. 윤지야, 고마워, 나중에 이 은혜 꼭 갚을게. '불량소녀'에서 만나서 쭌이와 만난 이야기도 해주고. 자, 핸폰, 여기 있어! 나 간다!"

미아의 목소리는 붕붕 떠서 완전 하이 소프라노로 올라가 있었다. 얼굴에도 언제 울었냐는 듯 함박웃음을 지으며.

"어머, 미아야, 어디서 만나는데? 엄마한테 괜찮겠어?"

"오늘 영어 과외 선생이 일이 있어서 휴강하자며 집으로 전화 왔더라. 엄마는 까마득히 모르고 있을 테니 그 전에 들어가면 돼. 일하는 아줌마한테도 단단히 비밀로 해달라고 하고 왔어. 그러니까 걱정마, 안녕!"

미아는 마음이 급한지 서둘러 가게 문을 열고 달려갔다.

그 후 미아는 여름 방학이 다 끝나도록 틈틈이 윤지의 핸드폰을 빌려서 쭌하고 연락을 하며 지냈다. 뜻하지 않게 미아와 쭌의 메신저가 된 윤지는 기분이 이상했다.

"윤지야, 쭌하고 있으면 괜히 기분이 좋아. 쭌이 내 손을 잡아주고, 내 어깨에 손을 얹고 나란히 앉아서 이야기만 해도 정말 사랑받는 느낌이란다. 쭌이 내 얼굴을 감싸고 뽀뽀를 해줄 때도 솜사탕을 먹을 때처럼 너무 달콤하고 행복해. 윤지야, 쭌이 하고 나는 같은 대학에 가기로 했어. 하긴 이렇게 마음이 날마다 풍선처럼 둥실둥실 떠가는데 공부가 될 리는 없지만."

　미아는 엄마에게 들키지 않고 아슬아슬하게 쭌과의 데이트를 즐기고 있었다.

　윤지는 미아처럼 남자 친구가 생기고, 그 친구가 손을 잡고 어깨를 만지면 어떨까, 하는 상상을 잠시 해보았다. 저절로 고개가 가로로 저어지고 생각만 해도 소름이 돋았다. 지난번에 동우가 그랬을 때처럼. 선생에 대한 기억이 사라지지 않는 한 윤지는 그 어떤 남자아이도 만날 수가 없었다.

　여름 방학 내내 아르바이트를 하고, 가끔 미정이 그룹이랑 놀러 다니고, 미아와도 잘 지냈지만 윤지는 이상하게 늘 슬펐다. 보이지 않는 슬픔이 어딘가에 숨어 있다가 윤지가 조금만 틈을 보이면 두더지처럼 불쑥불쑥 나타나 윤지를 울고 싶게 만들었으니까.

　'요즘 아빠도 집에 없고 엄마랑 나랑 잘 지내는데 왜 그럴까.'

　윤지는 뜨거운 햇볕이 쬐이는 길을 걷고 있어도 이상하게 찬바람 씽씽 부는 눈 덮인 벌판을 걸어가듯 늘 마음이 추웠다.

07

말해야 하나, 말아야 하나

그러는 사이 여름방학이 끝나고 개학이 되었다.

여름방학에도 늘 보충수업을 나왔던 터라 아이들은 개학이 되어도 별 감흥이 없었다. 그런데 개학을 하고 학교에 다닌 지 겨우 일주일쯤 지났을 무렵이었다. 미정이가 어디서 들었는지 보미와 연두에게 귓속말을 하였다.

"애들아, 너희들 소문 들었니? 글쎄, 5반에 있는 이수정이라는 아이가 자살하려고 약을 먹었대."

"뭐, 뭐라고? 왜 죽으려고 했대?"

"어머머, 이수정? 나 개 알아. 예쁘장하고 얌전하고 완전 조용한 아이잖아. 그런데 개가 왜 죽으려고 했대? 성적 때문에? 아니면 남자 친구?"

보미와 연두가 화들짝 놀라 물었다.

"쉿, 조, 조용히 해. 다행히 그 애 엄마가 발견해서 병원으로 데리고 가서 위세척을 하곤 살아났대. 수정이 엄마랑 친한 아줌마가 우리 옆집에 살거든. 그래서 알게 된 거야."

"그러니까 왜 죽으려고 했냐고?"

연두가 여전히 겁먹은 얼굴로 물었다. 미정이는 더욱 목소리를 낮춰서 조심스레 말했다.

"놀라지 마. 그, 그게 말이야 미, 미술 선생 때문이래. 수정이가 남긴 유서를 보고 엄마 아빠가 그 사실을 다 알게 되었대."

"뭐, 뭐라고?"

보미와 연두는 놀라서 입을 틀어막았다. 아이들이 조심스레 귓속말로 하는 말이었지만 오히려 작은 소리가 귀에 더 잘 들리는 법이다. 그 소리는 뒷자리에 앉은 윤지에게도 또렷이 들려왔으니까.

'뭐어? 미, 미술선생?'

윤지는 갑자기 온몸에 오들오들 소름이 좌악 돋았다.

"미정아, 그게 무슨 소리니? 미, 미술선생 때문에 약을 먹었다니?"

윤지가 고무공처럼 튀어 오르며 물었다. 다른 아이들도 놀라서 미정이 곁으로 몰려들었다.

"앗, 그렇게 다 들렸니? 나도 자세히는 몰라. 수정이라는 아이가 미술선생 때문에 약을 먹었다는 것밖에는."

미정이가 그때서야 발뺌을 하고 나섰다.

"아아, 우리 쌤이 너무 멋있으니까 걔가 짝사랑을 하다가 너무 상심한 나머지 그런 게 아닐까?"

미술 선생에게 여전히 콩깍지가 씌워져 있는 성희가 나서서 말했다.

"미술반에는 이수정이라는 아이가 없는데? 무슨 일이지? 아무래도 개인적인 일 같아. 옳지, 미술 쌤은 알겠지! 자기 때문에 어떤 아이가 약을 먹었다는데 설마 모르겠어?"

세정이도 고개를 갸웃하며 탐정처럼 그럴듯한 추리를 내놓았다.

"맞아, 맞아! 쌤이 당사자니까 수정이가 왜 죽으려고 했는지 정도는 알겠지."

"그나저나 이수정, 그 아이, 뭐가 힘들어서 죽으려고까지 했을까?"

"그러게 말이야. 이제 겨우 열일곱인데. 지긋지긋한 고딩 시절 끝내고 대학에 가서 멋진 연애도 실컷 해보고 해외로 배낭여행도 가고 좋은 일이 얼마나 많이 기다리고 있는데!"

"맞아, 어쨌거나 죽더라도 지금은 아니야. 지금 죽으면 너무 억울하잖아. 죽어서도 학교 귀신이 되어 여길 떠나질 못할 거야. 그러니까 어떻게든 이 지긋지긋한 고딩 시절을 꿋꿋하게 견뎌야 해. 그래야 신나는 미래를 즐길 수 있을 테니."

아이들은 저마다 한마디씩 하였다. 하지만 윤지는 더 이상 아무 말도 할 수 없었다. 자꾸만 한 번도 본 적 없는 이수정이라는 아이가 떠올랐다.

'뭔가 있어!'

윤지는 어쩐지 짐작 가는 게 있었다. 하지만 그건 아무에게도 말할 수 없는 일이었다. 설령 무언가 사실이 밝혀진다 해도 윤지는 입을 꾹 다물고 있어야만 했다.

"쌤, 5반에 있는 이수정이 약을 먹었대요. 쌤도 아시지요?"

궁금한 걸 참지 못하는 진주가 아침 조회 시간에 담임에게 물었다.

"벌써 너희들한테까지 그 소문이 퍼졌니? 그래, 다행히 지금 병원에서 안정 중이라니까 생명에는 지장이 없는 모양이다. 우리 다 같이 기도하는 마음으로 그 친구가 빨리 쾌유하길 빌어주자."

"그런데 왜 죽으려고 했대요? 미술 쌤이랑 연관이 있다던데요?"

세정이가 여전히 탐정처럼 꼬치꼬치 물었다.

"그런 건 나도 아직 잘 모른다. 괜히 밝혀지지 않은 사실에 대해서 이러쿵저러쿵 말 안 했으면 좋겠다. 요즘 세상에는 가짜 뉴스가 너무 많이 돌아다니고 있으니까."

담임선생은 더 이상의 추측을 말아달라며 못을 박았다. 하지만 이미 소문은 학교 안에 파다하게 퍼져나갔다. 아이들은 쉬는 시간이면 삼삼오오 모여서 이수정과 미술선생에 대한 이야기를 하였다.

"미술 선생이 오늘 결근했대. 그것만 봐도 이상하잖아. 도대체 둘 사이에 무슨 일이 있었던 걸까?"

"이수정이 미술 쌤을 진짜 좋아했나 보다. 쌤이 그걸 안 받아주니까 상심해서 죽으려 했던 거고."

아이들은 자기 멋대로 마구 상상의 나래를 펼쳤다.

'대체 무슨 일일까? 설마 쌤이 수정이한테도……?'

윤지도 이수정과 미술 선생이 연관이 되었다는 소문에 마음이 편하지 않았다. 자율학습 시간에도 영어책을 펴놓고 앉아 있었지만 글자가 하나도 눈에 들어오지 않았다.

소문은 다음 날에도 하나둘 연기처럼 퍼져 나갔다. 수정이의 소식을 들은 친한 친구가 몇몇 아이들에게 전해준 게 한 시간도 안 되어 1학년 3반 윤지네 반에까지 날아왔다.

"얘들아, 수정이 절친이 그러는데 그동안 수정이가 그림을 배운다며 미술실을 들락거렸대. 여름방학에도 특별지도를 받는다며 찾아가서 배우고. 그런데 이상하지 않니? 그림을 배우러 드나들던 수정이가 갑자기 죽으려 했다는 거 말이야?"

"그러게 말이다. 대체 무슨 일인지."

"너무 실력이 없다고 쌤한테 핀잔이라도 들었나? 그따위 실력으로는 대학 가기 틀렸다면서 말이야."

아이들은 소문의 진실이 무엇인지 알아내려 애썼다.

"야아, 너 우리 쌤이 그렇게 사람 무안 주는 타입은 아니잖아. 오히려 작은 일에도 칭찬하고 격려해주시지."

그때 성희가 눈을 반짝이며 물었다.

"오, 신윤지, 너도 잘 알겠구나. 너도 쌤한테 칭찬받은 후부터 미술실에 그림 배우러 다녔잖아. 뭐, 무슨 키아 같다고 했더라?"

"크크, 장 미셸 바스키아!"

"맞아, 그 사람 그림 닮았다며 엄청 칭찬했잖아. 그런데 요즘도 너 그림 배우러 가니? 그럼 이수정이랑도 아는 사이겠네?"

연두도 혹시 윤지가 뭘 아는 게 있을까 하고 관심을 보였다.

"나, 나는 미술실에 드나들다가 말았어. 그림 그리는 재주도 없고, 흥미도 없어서. 그림은 뭐 아무나 그리는 게 아니더라고. 내가 미대에 갈 것도 아니고 해서. 그러니까 미술실에서 이수정이랑 마주친 적은 없어."

윤지는 이마에 땀이 송글송글 맺힐 정도로 긴장했다.

"그러니까 그림은 아무나 그리느냐고. 쌤이 미술 시간에 윤지한테 더 이상 관심을 안 보이시기에 난 벌써 윤지가 탈락된 줄 알고 있었어."

세정이가 쌤통이라는 표정으로 이죽거렸다.

"그래, 그래, 그림 잘 그리는 너나 미대 가렴."

윤지도 자연스럽게 받아쳤다. 미술 선생과 아무런 일도 없다는 걸 보여주려는 듯이. 하지만 이수정 사건 이후 윤지는 자꾸만 불안해졌다. 아무도 모르게 꽁꽁 감추어 둔 비밀이 금방이라도 탄로날까 봐 겁이 났다.

하루 이틀…… 시간이 지나자 이수정에 관한 이야기는 조금 수그러든 듯 보였다.

그러던 어느 날이었다. 학교가 발칵 뒤집어지는 사건이 벌어졌다. 학교 인터넷에 있는 학부모 게시판에 놀라운 글 하나가 올라와 있었다.

저는 누리여고 1학년 5반 이수정의 아버지 이경식이라고 합니다.

제가 이렇게 학교 게시판에 글을 올리게 된 건 다름 아닌,

제 딸 수정이에 대한 진실을 밝히고자 함입니다.

제 딸 수정이는 지난 월요일 약을 먹고 자살을 하려 했습니다.

간신히 목숨은 건졌으나 그 후유증으로 아직 병원에서 치료를 받고 있으며 대인기피증과 거식증 증상을 보여서 정신과 치료까지 받고 있습니다.

여러분, 아직 꽃도 피우지 못한 우리 수정이가

왜 스스로 목숨을 버리려고 했을까요?

그건 바로 누리여고에서 미술을 가르치는 김시준 선생 때문입니다.

그는 선생이라는 탈을 쓰고, 그림을 가르쳐준다는 명목으로,

아무것도 모르는 우리 수정이를 미술실로 불러들여

성희롱과 성추행을 일삼았습니다.

그는 두려움에 떠는 수정이를 협박하고

여러 차례 그런 몹쓸 짓을 저질렀습니다.

우리 부부는 수정이가 죽으려며 남긴 유서를 보곤

그 모든 사실을 알게 되었습니다.

처음엔 너무 놀라고 두려워서 우리는 아무 일 없었던 듯

이 문제를 조용히 덮으려고도 했습니다.

우리 수정이의 장래를 생각해서였지요.

하지만 그건 옳은 방법이 아니라는 걸 깨달았습니다.

불의를 보고도 그걸 가만히 눈 감아 주는 건

더 큰 불행을 초래하는 일이니까요.

우리는 치가 떨리는 분노와 슬픔을 안고

이 사실을 학교 당국에 알렸습니다.

하지만 학교 당국은 내 딸 수정이가 당한 고통은 아랑곳 하지 않고

학교의 전통과 명예가 떨어질까 전전긍긍하면서

가해 당사자인 김시준 선생에게 조용히 시말서를 받는 선에서

이 일을 마무리하려고 하였습니다.

나는 학교의 이런 처사에 분노를 느꼈습니다.

김시준 선생은 당장 학교를 떠나야 합니다.

그런 선생이 교단에 선다는 건 학교뿐 아니라

학생들의 장래를 위해서도 안 될 일입니다.

나는 이 문제를 교육청, 아니 그보다 더 윗선까지 끌고 가서라도

내 딸을 고통스럽게 한 죄를 달게 받도록 할 것입니다.

학교 당국은 부디 우리 가족에게 닥친 이 고통을

외면하지 말아주시기 바랍니다.

"너희들, 수정이 아버지가 올린 글 봤니? 어쩜, 김시준 쌤이 그런 짓을 하다니!"

"오 마이 갓!"

"어쩜, 달콤한 탈을 쓴 늑대였다니! 아이들을 향해 부드러운 미소

를 날리며 온갖 멋있는 척을 다 하시더니!"

"그렇지만 얘들아, 쌤이 정말 그랬을까? 수정이가 혼자 짝사랑하다가 지어낸 거짓말인지도 모르잖아."

"그건 아닐 거야. 죽으려고 한 아이가 왜 거짓 유서를 쓰겠니? 그 아이는 죽으면서라도 진실을 밝히고 싶었을 거야."

아이들은 웅성웅성 시끄럽게 떠들어댔다.

"신윤지, 너는 아무 일 없었니? 너도 한때 미술실 드나들었잖아?"

세정이가 의미심장한 눈빛으로 물었다.

"무슨 일? 몇 번 들락거리다가 실력이 안 돼서 안 갔다니까. 나는 쌤 취향이 아닌가 보지 뭐."

윤지는 될 수 있는 대로 침착하게, 뻔뻔하게 시치미를 뚝 뗐다. 누군가 앞에서 가면을 쓰는 일이 이런 것일까? 윤지는 아이들 앞에서 두꺼운 가면을 쓰고 서 있는 기분이었다. 들키지 않도록, 아무도 눈치채지 않도록 절대로 그 가면을 벗을 수 없었다.

아이들 앞에서는 아무렇지 않은 듯 연극을 했지만 윤지의 입술은 바짝바짝 말라왔다. 이수정 사건이 자신에게까지 불똥이 튈까 봐 겁이 나고 두려웠다.

'침착해야 해. 감정에 휘둘리지 말고 아무도 눈치채지 못하게 차분하게 지내야 해.'

윤지는 입술을 꼭 깨물며 다짐하고 또 다짐하였다. 그런데 방과 후 수업이 끝나고 난 후였다. 무심코 핸드폰이 울려서 열어 본 윤지는 까무러칠 듯 놀랐다. 발신인은 놀랍게도 미술선생이었다.

'아니, 어, 어떻게 나한테!'

윤지는 후다닥 아무도 없는 후미진 곳으로 달려가 떨리는 손으로 문자 메시지를 클릭하였다.

> 윤지야, 오랜만이구나. 방학은 잘 지냈니?
> 가끔 수업 시간에 널 보긴 했지만
> 네가 날 멀리하는 걸 알고는 마음이 불편했다.
> 이렇게 너에게 문자를 보내는 건
> 너에게 간곡하게 부탁할 일이 있어서란다.
> 요즘 내가 불미스러운 일에 얽혀서 입장이 참 곤란하게 되었다.
> 부디 네가 지난번 나와 있었던 일에 대해서
> 아무에게도 이야기하지 않았으면 한다.
> 만약 다른 사람들이 알게 되면
> 나는 물론 너에게까지 큰 피해가 갈 테니 잘 알아서 처신하기 바란다.
> 그리고 지난번에 내가 보낸 문자를 모두 삭제 하려무나.
> 혹시라도 그게 빌미가 되어 꼬투리를 잡히면 우리 모두에게 불리할 테니.
> 그럼, 다시 한번 부탁한다.

"으아악! 어쩜 이렇게 뻔뻔할 수가!"

윤지는 부르르 몸서리가 쳐졌다. 미술 선생은 윤지와 있었던 일이 잘못이라는 걸 알고 있었다. 그런데도 사과를 하거나 용서를 빌기는

커녕 그 문제를 그냥 없었던 일로 하자는 문자를 보내왔다. 이수정에 관한 일로 학교가 온통 벌집을 쑤셔놓은 듯하자, 윤지의 입을 틀어막으려 은근히 협박을 하고 있었다.

'그래, 내 짐작이 맞았어. 선생은 나한테 했던 것처럼 이수정에게도 똑같이 했던 거야. 아니면 그보다 더한 행동을 했거나. 이수정은 그걸 견디지 못하고 죽으려 했던 거고.'

윤지는 갑자기 모든 일들이 이해가 되었다.

'나를 도대체 뭐로 보는 거지? 내가 그렇게도 만만한가? 내가 죽으라면 죽는 시늉을 할 만큼 바보천지로 보였단 말인가? 감히 나에게 얌전히 입 다물고 있으라고 협박을 하다니!'

윤지는 생각할수록 억울하고 분했다. 그러다가 문득 이수정을 떠올렸다.

'이수정은 얼마나 힘들면 죽으려 했을까, 나는 죽고 싶을 만큼 괴로웠지만 그 아이는 너무 괴로운 나머지 진짜 죽으려고 했잖아.'

윤지는 자기도 모르게 눈시울이 뜨거워졌다. 한 번도 본 적 없는 수정이가 마치 동지처럼 느껴졌다. 될 수 있으면 찾아가서 수정이의 손을 잡고, 수정이의 말을 들어주고 위로해주고 싶었다. 하지만 그건 안 될 일이었다. 그렇게 되면 학교에 소문이 파다하게 퍼지고 윤지는 고개를 들고 다닐 수도 없을 터였다.

'그래, 수정이가 가엾긴 하지만 모르는 척해야 해. 선생의 협박 문자가 무서워서 입을 다물고 있는 게 아니라 난 그 뒷감당이 두려워.

그러니까 괜히 긁어 부스럼 내면 안 돼.'

윤지는 입술을 깨물며 다짐했다.

그렇게 또 며칠이 지나갔다. 아이들이 수정이 사건에 대해 물었지만 담임선생은 말을 아끼는 눈치였다. 당사자인 미술 선생은 병가를 내고 수업에는 들어오지 않고 있었다. 시간이 지나자 놀랍게도 아이들 사이에서 다시 이상한 소문이 퍼져 나왔다.

"알고 보니 쌤이 오히려 피해자래. 쌤은 그냥 그림을 가르쳐 주다가 손 몇 번 잡고 예쁘다고 어깨 한 번 안아준 게 전부래. 그런데 그 아이가 오버를 하고 난리를 친 거랜다. 수정이 아빠가 회사에서 해직 당하고 집에 있대. 그래서 이 일을 계기로 합의금을 엄청 얻어내려고 한다나."

성희가 어디서 주워들었는지 말도 안 되는 뉴스를 들려주었다. 그 순간 윤지는 발끈 화가 났다.

"성희야, 그런 소리 어디서 들었니? 수정이가 설마 있지도 않은 일을 있다고 했겠니? 또 수정이 아버지가 설마 그 일로 돈을 챙기려 했을까? 말도 안 되는 소리야."

"어머, 넌 마치 미술 쌤이 무슨 일이라도 저질렀다는 뜻으로 말하는구나. 네가 봤니? 아니면 네가 직접 겪어봤어? 우리 엄마가 그러는데 모든 일은 서로 손바닥이 마주쳐야 소리가 난 댔어. 난 이번 일이 꼭 쌤 혼자만의 잘못은 아니라고 본다."

성희는 여전히 선생에 대한 환상에서 깨어나지 못한 채 선생 편을 들었다.

"뭐 직접 겪어봤냐고? 너 말 다했어? 정말 어이가 없네!"

윤지는 화를 펄펄 내며 성희에게 달려들었다.

"어머나, 너희들 왜 그러니? 지금 교육청에서도 나와서 조사를 한다니까 누가 잘하고 잘못했는지는 곧 밝혀지겠지. 이럴 때 누군가 수정이처럼 선생에게 똑같은 일을 당한 사람이 나와서 증언을 하면 수정이한테 유리하다는데. 설마 그런 사람이 또 있을까? 난 수정이도 쌤도 억울한 누명을 쓰지 않았으면 해. 벌을 받아야 할 사람은 벌을 받아야겠지만."

반장 하영이가 재판관처럼 똑 부러지게 말했다.

'아아, 그렇게 잊으려 애를 썼건만 자꾸만 갯벌에 발이 빠지듯 구렁텅이로 들어가다니!'

윤지는 자꾸만 화가 났다. 그러면서도 잠을 잘 때도 밥을 먹을 때도 반장 하영이가 '이럴 때 누군가 수정이처럼 선생에게 똑같은 일을 당한 사람이 나와서 증언을 하면 수정이한테 유리하다는데. 설마 그런 사람이 또 있을까?'라고 한 말이 귓가를 맴돌았다.

윤지는 무거운 마음으로 터덜터덜 집으로 갔다. 그런데 뜻밖에도 아빠가 집에 와 있었다. 어느 틈에 아빠가 일을 하러 갔던 석 달이 후딱 지나간 것이다.

"오, 윤지 왔니?"

술에 취하지 않은 멀쩡한 아빠를 보는 건 정말 오랜만의 일이었다.

"아 아빠, 오셨어요?"

오늘 같은 날은 그저 아무 생각 없이 이불 속에 푹 들어가 숨고 싶었던 윤지는 당황한 표정으로 인사를 하였다.

"넌 오랜만에 만난 애비가 반갑지도 않은 모양이지? 모처럼 너한테 잘 보이려고 술도 안 마시고 기다리고 있었는데."

아빠의 눈꼬리가 살짝 치켜 올라갔다. 그건 아빠가 기분이 나쁠 때면 나오는 표정이었다. 윤지는 속으로 뜨끔 겁이 났다.

"윤지야, 아빠가 이제 일 다 끝나고 올라오셨단다. 너 준다고 비싼 한우를 사오셨단다. 어서 와서 같이 먹자."

엄마는 아빠의 표정을 읽으며 일부러 경쾌한 목소리로 말했다.

"정말요? 그렇잖아도 배가 고팠는데 잘 됐다! 아빠, 우리 같이 먹어요!"

윤지도 모처럼의 평화가 언제 유리그릇처럼 깨질지 두려운 나머지 얼른 너스레를 떨었다.

"아유, 이 마블링 좀 봐. 정말 맛있겠다."

엄마는 전기 프라이팬에 고기를 치지직 구우며 연방 들뜬 표정을 지었다. 그런 엄마는 속이 비어도 한참 빈 듯 보였다. 지렁이도 밟으면 꿈틀한다는데 엄마는 어쩌자고 저렇게 천사표 아내 노릇을 하는지 알다가도 모를 일이었다. 어쩌다 삼겹살이나 사다 구워 먹던 세 식구는 오랜만에 맛나게 고기를 먹었다. 그것도 한밤중에 불판 앞에 앉아서 화목한 가정이라도 되는 양 오붓하게 말이다.

"그래, 윤지야, 공부 잘하고 있어? 성적은 좀 올랐냐?"

고기를 구워 윤지 앞에 놓아주던 아빠가 넌지시 물었다. 윤지의 성적 따윈 관심도 없던 아빠가 말이다.

"그게, 그냥 좀⋯⋯."

윤지는 무슨 말을 해야 할지 몰라 얼버무렸다. 그러자 옆에 있던 엄마가 얼른 윤지를 변명하고 나섰다.

"여보, 우리 윤지가 당신을 닮아서 예술적인 감각이 있나 봐요. 글쎄, 윤지네 학교 미술 선생이 우리 윤지 그림 잘 그린다고 칭찬을 하며 돈도 안 받고 개인지도를 다 해주더라니까요. 우리가 형편만 좀 나아지면 윤지를 미대로 보내면 좋을 텐데요."

"어, 엄마⋯⋯."

윤지는 엄마 입에서 미술 선생 이야기가 나오자 화들짝 놀라 어쩔 줄 몰랐다.

"왜, 아빠한테 자랑하려고 하는 말인데."

엄마는 공고를 나와 가구를 만들던 아빠를 그 어떤 예술가보다 높이 쳐주었다. 지금처럼 술을 마시고 패악을 부리는 것도 다 현실이 뒤따라 주지 않아서라고 여기면서.

"그래? 우리 윤지가 그림에 소질이 있다고? 요즘 같은 시대에도 그런 헌신적인 선생이 있다니 그거 참 고마운 일이로구나. 우리 윤지가 미대를 가고, 나도 다시 내가 만들고 싶은 가구를 만들 수 있는 날이 오면 좋겠구나. 여보, 이런 기분 좋은 날 그냥 있을 수 없지. 거, 소주

한 병 가져와요!"

아빠는 들뜬 얼굴로 엄마에게 말했다.

"이 밤중에요? 오늘은 그냥 이 맛있는 고기를 먹으면서 우리 세 식구 이야기나 해요."

엄마는 용기를 내어 아빠의 청을 물리쳤다.

"오랜만에 집에 와서 한잔하겠다는데 뭘 그리 깐깐하게 구는 게요? 어서 한 병 가져오래도!"

아빠는 이미 술을 마셔야겠다고 결심한 모양이었다. 계속해서 엄마에게 술을 가져오라고 다그쳤다.

'그러면 그렇지. 난 또 뭐가 좀 달라졌나 했네.'

윤지는 자기도 모르게 입을 삐죽이며 조롱 섞인 웃음을 지었다. 그때였다. 갑자기 아빠가 소리를 꽥 질렀다.

"너, 지금 이 애비를 비웃은 게냐? 엉? 대가리가 점점 커지니까 이애비가 우습게 보여? 내가 누구 때문에 그런 공사판을 돌아다니며 일하는데? 다 처자식 먹여 살리자고 하는 짓이잖아! 그런데 네년이 나를 비웃어? 이런 고약한 년!"

아빠는 금방이라도 윤지를 향해 주먹을 날릴 기세였다.

"아이고, 참아요, 참아, 술 가져올게요."

엄마가 다급하게 아빠를 막아서며 말했다.

엄마는 하는 수 없이 소주 한 병을 가져다주었다. 아빠는 그걸 유리컵에 따라서는 꿀꺽꿀꺽 물 마시듯 마셨다. 이제 아빠의 다음 행동은

불 보듯 뻔했다. 무언가 괜한 트집을 잡아서 엄마와 윤지에게 종주먹을 댈 테니까. 아니나 다를까 아빠의 술 한 병은 한 병으로 끝나는 게 아니었다. 연거푸 술 한 병을 더 마신 아빠는 게슴츠레한 눈으로 엄마와 윤지를 바라보았다. 그 반쯤 졸린 듯한 눈빛은 아빠가 슬슬 난장판을 벌일 시동을 걸었다는 표시였다.

"그래, 당신, 내가 없으니까 아주 편했겠네? 남편이 지방에 가 있는데 한 번도 안 내려와 보는 게 말이 되나? 뭐 하느라 그렇게 바빴지? 그놈 만나러 댕기느라 바빴나?"

아빠는 또다시 의처증 증세를 드러내며 엄마를 닦아세웠다.

윤지는 도저히 참을 수가 없었다.

"아빠, 제발, 술 좀 그만 마시면 안 돼요? 대체 엄마가 누굴 만났다고 그러세요? 이젠 아빠가 술 마시는 것만 봐도 지긋지긋하다고요! 제발 정신 좀 차리세요!"

다른 때 같으면 겁에 질려 아무 소리도 못하던 윤지는 소리를 질렀다. 선생이라고, 아빠라고 약자를 함부로 대하는 모습이 견딜 수 없이 싫었다. 더군다나 아무런 잘못도 안 했는데 그런 부당한 대우를 받는다는 게 분하고 억울했다.

"아니, 이 계집애가 그사이 뭘 먹고 이렇게 간덩이가 부었지? 감히 애비한테 충고를 해? 에잇!"

아빠의 손이 잽싸게 윤지의 뺨을 향해 날아왔다. 눈앞에서 불이 번쩍하며 뺨이 얼얼해졌다. 너무 아프면 눈물조차 나오지 않는 걸까? 윤지는 눈물 대신 이글이글 분노에 찬 눈으로 아빠를 바라보았다.

'비겁자, 겁쟁이, 현실도피자, 루저!'

아빠는 이 세상에서 가장 비겁한 남자였다. 세상을 향해서는 끽 소리도 못하면서 가장 약한 처자식을 향해 폭력을 휘두르는 못난 남자였다. 문득 미술선생도 떠올랐다. 비겁하게 미술실에 숨어서 어린 소녀들이나 건드리며 욕망을 채우는 남자, 겉으로는 점잖은 척, 고상한 척, 예술가인 척하면서 힘없고 나약한 소녀들에게 상처를 주는 남자였다.

"아아, 거지 같은 내 인생, 개떡 같은 내 인생, 정말 내 인생 끝내고 싶다."

윤지는 이불을 뒤집어쓴 채 울었다. 학교도 집도 윤지에겐 모두가 다 지옥이었다.

08

용기를 내야 한다.

　며칠 동안 윤지는 곰곰 생각에 잠겼다. 이수정 부모와 미술 선생과의 결코 끝나지 않는 진흙탕 싸움은 이미 학교 안에 소문이 다 퍼졌다. 이수정이 정신과 치료를 받으며 학교를 나오지 않자 미술 선생은 자신의 결백을 주장하고 있다고 하였다. 선생으로서 해서는 안 될 일을 결코 한 적이 없다는 거였다.

　'선생으로서 해서는 안 될 일을 하지 않았다고?'

　윤지는 저절로 콧방귀가 나왔다. 이제 누군가가 수정이를 도와주지 않으면 수정이가 되레 억울한 누명을 쓰게 될 참이었다. 윤지는 수정이가 누명을 쓰든, 선생의 잘못이 밝혀져 학교를 그만두든 아무 쪽에도 서고 싶지 않았다. 하지만 자꾸만 한 가지 생각이 머릿속을 떠나지 않았다.

'누군가 선생의 잘못을 밝히지 않으면 선생은 계속해서 나쁜 버릇을 이어갈 거야. 그건 옳은 일이 아니잖아. 어떻게든 진실을 알려야 해. 그러려면 내가 나서야 하는데 내 곁에는 아무도 없잖아. 엄마는 일하느라 바쁘고 아빠는 맨정신이 아닌 늘 술에 찌들어 살고. 나를 도와줄 사람이 아무도 없는 걸.'

윤지는 자신에게 닥칠 후폭풍이 너무나 두려웠다. 지난 일에 대한 후회가 물밀 듯 밀려왔다.

'그래, 처음에 쌤이 그림을 가르쳐 준다며 손을 잡을 때부터 뿌리쳤어야 했어. 무슨 짓이냐고 발딱 일어나서 미술실을 뛰쳐나와야 했다고. 그런데 그러질 못한 건 내 책임이잖아. 사실 그때까지만 해도 난 쌤의 다정하고 따뜻한 점에 마음이 끌렸잖아. 친밀감의 표시라고 여겼으니까. 게다가 아빠한테 사랑을 받지 못해서 그런지 선생의 그런 점이 싫지 않았잖아. 날마다 술 냄새만 풍기던 아빠만 보다가 은은한 향수 냄새까지 풍기는 선생한테 끌린 건 사실이잖아. 선생은 내가 손을 잡히고도 가만히 있자 옳다구나 하고는 더 과감하게 나를 만지기 시작한 거야. 내가 그날 손을 홱 뿌리치고 나왔다면 선생도 더 이상 나를 어쩌지 못했을 거야. 아아, 그 이전으로 다시 돌아갈 수만 있다면!'

윤지는 백 번 천 번 생각해도 그날이 후회될 뿐이었다.

'그래, 내가 무슨 말을 해도 선생이 모든 건 내 책임이라고 몰아붙이면 나는 뭐라고 말하지? 나를 도와줄 사람이 아무도 없는데 나 혼자 어떻게 감당을 하냐고, 안 돼, 절대 안 돼!'

윤지는 고개를 절레절레 흔들었다. 하도 이 생각 저 생각을 하다 보니 머리가 깨질 듯 아파왔다. 간신히 조퇴증을 끊은 윤지는 학교를 빠져나왔다. 하지만 집엘 가려니 어쩐지 아빠가 집에 있을 것만 같았다.

'아, 어떡하지?'

윤지는 집도 학교도 아닌 머리를 쉴 만한 곳이 어디일까 생각하며 천천히 버스정류장 쪽으로 걸어갔다. 그때 저만치 '이우일 신경정신병원'이 보였다. 아이들이 이수정이 입원해 있는 곳이라고 이야기하던 바로 그 병원이었다. 문득 먼발치에서라도 이수정을 한번 만나보고 싶다는 생각이 불현듯 생겼다.

'그래, 한 번 가보는 거야.'

윤지는 천천히 병원 쪽으로 걸어갔다. 병원 문을 열고 들어가자 병원 특유의 약 냄새가 훅 끼쳐왔다. 윤지는 기웃기웃 살피다가 간호사에게 조심스레 물었다.

"이수정 병실이 어디예요? 친구인데 병문안 왔어요."

"응, 309호란다. 수정이는 지금 마음의 안정이 중요하니까 그 앞에서 말조심해야 한다, 알았지?"

간호사가 단단히 일러주었다. 윤지는 엘리베이터를 타고 떨리는 마음으로 3층으로 올라갔다. 309호 앞으로 가자 비스듬히 열린 문 사이로 한 아주머니의 등이 보이고 침대에 누워있는 아이가 보였다.

'쟤가 이수정이구나.'

윤지는 얼굴이 핼쑥하고 눈이 커다란 수정이를 보자 어쩐지 마음이 뭉클해졌다. 침대에 누워있는 수정이가 자기 자신일 수도 있다는 생각이 들었다.

"누구니? 우리 수정이 친구니?"

인기척을 느낀 수정이 엄마가 나와 물었다.

"저, 치, 친구는 아니지만 그냥 수정이를 보, 보러 왔어요. 저는 1학년 3반 신윤지라고 해요."

윤지는 도망칠까 하다가 당황하여 말했다.

"그래? 그럼 우리 수정이한테 널 만나려는지 어떤지 물어보마."

수정이 엄마는 안으로 들어가 낮은 소리로 뭐라고 묻는 소리가 들렸다. 잠시 후 수정이 엄마가 나와서 말했다.

"어서 들어가 보렴. 우리 수정이가 그렇잖아도 너를 한 번 만나고 싶었다는구나."

"네에? 저, 저를요? 수정이가 저를 알고 있다고요? 어, 어떻게요?"

윤지는 소스라쳐 놀라 되물었다.

"글쎄다, 들어가서 수정이에게 직접 물어보렴. 벌써 며칠째 밥도 못 먹고 링거만 맞아서 기운이 없는데 말이나 제대로 할 수 있으려나 모르겠다만. 나는 필요한 게 있어서 마트에 좀 다녀올 테니 우리 수정이 좀 잘 부탁한다."

수정이 엄마는 지갑을 들고나가며 당부하였다.

윤지는 쿵쾅쿵쾅 거리는 마음을 숨긴 채 조심조심 병실 안으로 들어섰다. 윤지가 왔다는 소리에 수정이는 이미 반쯤 일어나서 침대에 기댄 채 앉아 있었다. 자살하려고 약을 먹었다고 해서 왠지 강할 아이일지 모른다고 생각했는데 수정이는 생각보다 아주 작아 보였다. 얼굴도 핼쑥하고 몸도 앙상하게 뼈만 남은 모습이었다. 가냘픈 팔에는 긴 링거 줄이 꽂혀 있었다.

"……네가 바로 윤지였구나. 들어와."

수정이는 입가에 미소를 지으며 힘없이 말했다.

"네가, 어, 어떻게 나를 알아? 우린 한 반도 아니고……."

윤지는 말끝을 흐렸다.

"……네가 그린 그림을 봤어. 거기에, 네 스케치북이 있더라고. 그래서 알게 되었어. ……너도 거기서 그림을 배웠다는 걸."

수정이는 작은 목소리로 아무렇지 않게 이야기하였다. 순간 윤지는 숯불 앞에 있을 때처럼 얼굴이 갑자기 뜨거워졌다. '……너도 거기서 그림을 배웠다는 걸'이라는 말속에는 너도 미술선생에게 나하고 똑같이 당한 걸 알고 있다는 것처럼 들렸다.

"응, 자, 잠깐 동안 그림 그리러 갔었어. 그러다가 그만 두었지……."

윤지는 무슨 말을 해야 할지 몰라 거기까지만 말했다.

"아마, 네가 미술실에 안 나오고부터 내가 거길 갔나봐……."

수정이는 무슨 말을 하려다가 말끝을 흐렸다.

윤지는 수정이가 자신이 미술실을 드나들었다는 걸 안 순간부터 무슨 말을 해야 할지 몰랐다.

'이럴 줄 알았으면 괜히 왔어. 그냥 먼발치에서 보고만 갈걸. 이제 어쩌지………'

윤지는 빨리 이 자리를 피하고 싶었다. 하지만 수정이 엄마도 없는데 수정이 혼자만 두고 나갈 수는 없었다. 행여 무슨 일이 생기면 그건 윤지 책임이었으니까.

그때 수정이가 천천히 말을 꺼냈다.

"……쌤이 내게 말했어. 너를 보면 애드가 드가의 〈발레하는 소녀〉가 생각난다고. ……난 그 말이 왜 그렇게 좋았는지 몰라. 내가 정말 드가의 작품에 나오는 여리고 사랑스런 소녀가 된 것 같았어. 나는 늘 작은 키에 마른 내 몸이 콤플렉스였거든. 다른 아이들처럼 키도 크고 통통한 게 소원이었어. ……그런데 쌤이 나를 보고 드가의 작품에 나오는 주인공 같다는 말을 하자 나도 모르게 마음이 설렜단다. ……그래서 쌤이 그림을 배우러 오라고 했을 때도 신이 나서 달려갔어……."

수정이는 그때를 떠올리며 떨리는 목소리로 말했다.

'아, 그게 그 선생의 수법이었어. 나한테는 장 미쉘 바스키아를 들먹이더니 수정이에게는 드가의 그림을 들먹인 거야. 그리곤 그림을 핑계로 아무것도 모르는 우릴 꼬드겼어. 어쩌면 내가 모르는 그 누군가에게는 반 고흐나 피카소, 클림트를 들먹였을지도 모르지.'

윤지는 새삼 분노가 일었다. 하지만 꾹 참고 수정이의 다음 말을 기다렸다.

"……처음엔 참 좋았어. 내가 선생의 그 무엇이 된 기분, 아주 중요한 사람이 된 기분이었거든. 그런데 나를 모델로 그, 그림을 그린다며……그때부터였어. 나를, 나를 만지고……억지로 입을 맞추고……선생을 만지게 하고……아무 때나 나를 불러내고……아무 한테도 말하면 안 된다고 하면서, 으흐흑……. 나는 두려웠어. 너무 겁이 났어. 그 사실이 알려지면 나랑 선생은 학교에도 못 나오고, 얼굴을 들지 못할 거라고……. 그, 그래서 선생으로부터 멀리 도망을 치려했어. 그러려면 죽는 길밖에 없다고 생각했어……. 으흐흐흑……."

수정이는 윤지도 그림을 배우러 미술실을 드나들었다는 한 가지 사실만으로도 동지라고 여겨서인지 속엣말을 다 털어놓으며 흐느껴 울었다.

"수정아, 울지 마, 네 잘못이 아니잖아. 넌 아무 잘못도 없잖아……."

윤지는 수정이의 어깨를 감싸 안은 채 울먹였다. 마음 같아서는 수정이에게 모든 걸 다 털어놓고 싶었다. 나도 너하고 똑같은 일을 당했다고, 똑같이 괴롭고 똑같이 슬프다고. 하지만 윤지는 입을 꾹 다물었다. 선생과의 일을 그 누구도 알아서는 안 되니까. 그건 죽을 때까지 비밀로 해야 할 일이니까.

수정이는 참새처럼 파르르 떨며 한참을 울었다. 실컷 울고 난 수정이가 그때서야 생각났다는 듯 윤지를 보며 물었다.

"그런데 어떻게 나를 찾아온 거니?"

"그냥. 한 번 네가 보고 싶었어. 미술 선생이 어떤 사람인지도 더 자세히 알고 싶었거든. 그리고 어떤 아이들은 선생은 아무 잘못이 없다고 하길래 진실이 뭔지 알고 싶었어."

윤지는 아무렇지 않은 얼굴로 대답했다.

"우리 엄마 아빠까지 이렇게 힘들게 할 줄 알았으면 그냥 아무 짓도 하지 말고 견딜 걸 그랬어. ……그냥 모른 척하고 선생을 무시하고 졸업할 때까지 꾹 참고 학교에 다녔더라면 아무 일도 없었을 텐데. 그럼, 쥐도 새도 모를 거 아니야. 내가 무슨 일을 당했는지, 내 마음이 어떤지. 괜히 죽지도 못할 거면서 유서를 쓰고, 자살 소동을 벌이고……엄마 아빠까지 힘들게 하고……."

수정이는 뜨거운 눈물을 주르르 흘렸다.

윤지는 아무 말을 해줄 수 없었다.

수정이가 다시 힘겹게 말을 이었다.

"…… 선생은 내가 자기를 좋아해서 벌인 일이라며 발뺌을 하고 있대. 소녀들이 아이돌을 따라다니며 좋아하는 것처럼 내가 먼저 그런 거라고. 난 그게 억울해. 사람들이 내 말을 믿어주지 않는 게 속상하고. 다시 학교를 다닐 수 있을지 모르겠어. ……그 선생이 있는 학교에 두려워서 갈 수가 없어."

수정이는 천천히 자기의 속마음을 털어놓았다. 그 말을 듣는 순간 윤지는 와락 화가 났다.

"네가 왜 학교를 그만둬? 말도 안 돼! 그만둘 사람은 그 선생이라고! 수정아, 그런 마음 약한 소리 하지 마, 알았지?"

윤지는 수정이가 오랜 친구라도 되는 양 두 손을 잡고 당부하였다.

수정이 엄마가 오시자 병실을 빠져나온 윤지는 한참을 걸어갔다. 어디인지도 모르고 무작정 걷고 또 걸었다. 걸으면서 열 번 백 번 생각해도 떠오르는 답은 한 가지였다.

'그래, 진실을 알면서도 아무 말하지 않는 건 비겁한 일이야. 수정이의 눈물이, 나의 눈물이고. 나만 두더지처럼 땅속에 숨어있는 건 옳지 않아. 진실을 알려야 해. 나와 수정이, 그리고 앞으로도 또 생길 그 누군가를 위해서라도! 수정이와 나에게서 소녀를 빼앗아간 그 선생을 가만두면 안 돼.'

윤지는 갑자기 독립투사라도 된 기분이었다.

다음 날 윤지는 수업이 모두 끝나기를 기다려 담임에게 면담 신청을 하였다.

"오우, 신윤지, 설마 또 야자 빼달라는 말은 아니겠지? 내가 너 봐줄 만큼 봐줬다는 걸 알아야 해. 사람은 누구나 한 번쯤 도망가고 싶을 때가 있지만 그게 여러 번 반복되면 재미가 없지!"

"쌤, 저도 알아요. 오늘은 그런 문제가 아니라 다른 이야기를 드리고 싶어서 온 거예요. 그런데 교무실에서는 좀 말하기 곤란한 문제예요."

"그래? 너 혹시 사고 쳤니? 남학생이라도 사귀었어? 아무튼 상담실로 가자꾸나."

담임은 앞장서서 상담실로 들어갔다.

"자, 이제 무슨 일인지 이야기해보렴. 제발 내가 감당하기에 너무 큰 문제가 아니면 좋겠는데."

담임은 미리 엄살을 부리며 윤지를 바라보았다. 윤지는 담임이 늘 씩씩하고 밝은 성격에다 아이들과도 스스럼없이 어울리는 이런 모습이 좋았다. 담임이라면 윤지의 마음을 그 누구보다 이해해주고 윤지 편이 되어 주리라 믿었다.

"자, 이제 슬슬 이야기해주시지!"

"쌤, 놀라지 마세요. 사, 사실은 이수정이랑 김시준 쌤에 관한 일 이어요."

"뭐어? 그게 무슨 소리니? 네가 그 두 사람에 관해 뭘 아는 게 있 어?"

담임은 눈을 크게 뜬 채 물었다.

"그게, 저, 있잖아요……."

윤지는 차마 입이 떨어지지가 않았다. 마음속에 꼭꼭 숨겨둔 비밀 이었다. 이제 그 비밀의 상자를 열어야 하는데 두렵고 떨려서 열고 싶 지가 않았다.

"윤지야, 무슨 일인데 그래? 나를 믿고 여기까지 왔으면 이야기를 해줘야지, 어서!"

담임은 이야기의 심각함을 느꼈는지 이제까지와는 달리 진지한 표 정으로 말했다.

"쌤, 사실 저, 저도 금요일마다 미, 미술실에 갔었어요……. 그리 오래는 아니었지만요……."

"그건 나도 알지. 네가 금요일마다 야자를 못한다며 나한테 허락받았잖아. 미술 선생님한테 그림을 배우러 간다고. 그런데 윤지야, 너도 거기서 혹시……?"

담임은 뭔가 짚이는 게 있다는 듯 물었다.

"……."

윤지는 대답 대신 고개를 끄떡였다. 누군가에게 처음 마음에 담아 둔 비밀을 꺼내려니 두려운 나머지 저절로 오금이 저리고 눈물이 후드득후드득 떨어졌다.

"오, 세상에! 어떻게 그런 일이!"

담임은 윤지의 손을 마주 쥔 채 어쩔 줄 몰라하였다.

"쌤, 무서워요, 너무 무서워서 말을 하기가 두려워요."

윤지는 차마 말을 이을 수가 없었다.

"윤지야, 용기를 내줘서 고맙다, 정말 고맙다, 이 일은 너 혼자만의 문제가 아니란다. 우리 학교 아이들은 물론 모든 선생님들이 나서서 해결하고 보호해줘야 할 문제야. 그러니 힘들어도 나를 믿고 이야기 해주련?"

담임은 눈물을 글썽이며 윤지를 바라보았다.

윤지는 갑자기 그날의 일을 꺼내려니 두렵고 무서웠다. 이제 윤지가 말을 꺼내는 순간 그건 더 이상 윤지만의 비밀이 아니었다. 담임이 알게 되고, 1학년 3반은 물론 학교 전체에 그 일이 알려지면 윤지에게 어떤 일이 닥칠지 모를 일이었다.

하지만 말을 해야만 했다. 미술 선생의 그 뻔뻔함에 대한 복수, 자살 시도를 했던 수정이의 아픔에 대한 복수, 열일곱 살 윤지와 수정이에게서 소녀를 빼앗아간 억울함에 대한 복수, 윤지는 살아가는 동안 결코 잊히지 않을 그 일에 대한 복수를 하고 싶었다.

"……미술 쌤은 그림을 가르쳐 준다며 처음에는 그냥 손을 잡거나 어깨를 만지는 둥 했어요. 그러다간 그날 미술 쌤은 저에게 자신이 그린 나체 그림 앞에 서게 하더니………갑자기 등 뒤에서 저를 껴안고……. 저는 발버둥을 치며 반항했지만 선생은 완력으로 저를……두 팔로 저를 가둔 채……."

윤지는 그날 미술실에서 있었던 일을 하나도 빠짐없이 담임에게 털어놓았다. 이야기를 하는 도중에도 두렵고 떨린 나머지 손바닥이 축축해질 정도로 땀이 나고 몸이 오들오들 떨려왔다.

"오, 윤지야, 윤지야! 이제야, 그동안의 네 행동이 다 이해가 되는구나. 넌 나에게 야자를 빼 달라고 하던 그때부터 뭔가 이상했어. 난 그냥 답답한 생활을 벗어나고 싶고, 그저 한 때의 방황이라고만 생각했는데 그런 엄청난 일을 겪었었을 줄이야. 그런데도 담임인 나는 그걸 몰랐다니! 정말 미안하구나, 미안해. 이 모든 게 다 담임인 내 책임이란다. 내가 너한테 너무 무심했구나."

"……아무에게도 그 말을 할 수가 없었어요, 아무도 나를 도와줄 사람이 없다고 생각했거든요. 그런데 어제 병원에 가서 수정이를 만난 후 마음이 조금 바뀌었어요. 수정이 혼자 너무 많은 걸 감당하고 있는 게 미안했어요. 그래서 용기를 내어 쌤을 찾아온 거예요."

"윤지야, 용기 내줘서 고마워. 정말 고마워. 말하지 않는 건 그 일을 묵인해주는 것과 같단다. 진실을 덮어두는 건 옳은 일이 아니야. 나는 너처럼 용기가 없어서······."

담임은 무슨 말을 하려다간 눈물을 글썽이며 윤지의 두 손을 꼭 잡았다.

"······."

윤지는 말없이 담임의 얼굴을 바라보았다.

"그래, 나는 용기가 없었단다. 용기가 없어서 누구한테도 말을 못한 채 지금까지 살아왔어. 내가 시골의 여고를 다닐 때였어. 집안 형편이 좋지 않았던 내 유일한 꿈은 작가가 되는 거였지. 그러다보니 국어선생을 존경하게 되고 늘 그 시간만을 기다리곤 했단다. 그러던 어느 날 우리 학교에 대학을 갓 졸업한 국어 선생님 한 분이 오셨어. 서울에서 발행하는 문예지에 소설을 추천받은 소설가라고 하더구나. 나는 늘 선망의 눈으로 그 선생님을 바라보았어. 그런데 고2 때였어. 그 선생님은 학교 교지 편집 담당이 되고 나는 교지 편집위원으로 뽑혔지. 교내는 물론 교외에서도 상을 받을 만큼 글재주가 있었으니 당연히 내가 뽑힌 거야. 나는 그 선생님과 함께 일한다는 게 너무 기뻤단다. 그러던 어느 날이었어······."

담임은 차마 뒷이야기를 잇지 못한 채 입술을 떨었다.

"……비가 몹시 내리는 여름방학이었어. 선생님은 나에게 원고뭉치를 가지고 하숙집으로 오라고 하더구나. 9월에 있는 개교기념일까지 교지를 발행하려면 시간이 촉박했거든. 나는 아무 생각 없이 선생님이 세를 얻어서 사는 집으로 갔어. 언젠가 교지 편집위원들이 모두 놀러 간 적이 있던 집이었어. 이층으로 된 그 집은 일제강점기 일본인이 살던 집이라 마당에는 정원이 있고 유리창이 많은 집이었단다. 선생님은 이층 전체를 얻어서 썼는데 나는 설레는 마음으로 삐걱거리는 나무 계단을 올라갔어. 서재에 있던 선생님은 나를 반갑게 맞아주었어. 선생님의 서재는 작가의 방답게 온통 사방을 삥 둘러 책으로 꽂혀 있어서 그 안에 있는 것만으로도 나는 마음이 설렜어. 그 당시 우리 집에는 책이라곤 농협에서 나오는 잡지 몇 권이 전부였거든. 나는 그 방이 너무나 마음에 들었어. 나도 이다음에 작가가 되면 그런 서재를 갖고 싶을 정도로……."

담임은 그때를 떠올리는 듯 잠시 말을 멈췄다. 윤지는 숨을 죽인 채 담임이 다음 말을 기다렸다.

"……나와 선생님은 책상에 나란히 앉아 원고 교정을 보았단다. 얼마 후, 뭔가 이상한 생각이 들어서 선생님의 얼굴을 본 순간 나는 소스라쳐 놀랐어. 선생님은 더 이상 내게 선생님이 아니었어. 야릇한 눈빛으로 나를 바라보던 선생님은 갑자기 꼼짝 못 하게 힘으로 나를 억누르곤……방바닥에 쓰러뜨린 채 나를 만지고 내 소중한 걸 빼앗으려 했어. 나는 마구 소리를 지르며 반항을 하였지만 비가 억수로 퍼붓는 바람에 그 소리는 아래층까지 들리지 않았어. 선생의 손이 내 소중한 곳으로 미끄러져 들어오는 그 순간……나는 선생의 팔뚝을 사정없이 깨물고는 미친년처럼 그 집을 빠져나왔어. 장맛비가 쏟아지는 거리를 우산도 없이 마구 달려 집으로 돌아왔단다. 그 후 모든 일들이 내겐 악몽이었어. 나는 졸업할 때까지 아무에게도, 아니 오늘 이 순간까지도 그 말을 못 한 채 살아야만 했어. 그 일을 계기로 나는 작가의 꿈을 접었어. 행여 작가가 되어 그 선생과 마주칠까 봐 겁이 난 거야. 그리고 대학도 문과가 아닌 이과를 택해서 수학을 전공했고. 그 선생님은 내가 졸업한 후 우리 고향을 떠나 서울의 어느 여고로 전근을 갔다는 소식이 들리고, 소설가로도 이름이 나서 지금도 가끔 신문이나 잡지, 방송에도 나오고 있단다. 시골에서 한 소녀의 꿈을 짓밟은 건 감쪽같이 숨긴 채 말이다."

담임은 그때 일이 생각나는 듯 분노에 찬 목소리로 말했다.

"하지만 윤지야, 내가 지금 더 억울하고 분한 건 뭔지 아니? 그 때 내가 가만히 있었던 거야. 그 일에 대해 아무것도 따져 묻지도 않고, 누구한테도 발설하지 않고 그저 시간이 지나가기만을 숨죽여 기다렸어. 어서 졸업해서 학교를 떠나고, 고향을 떠날 날만을 기다리고 살았다는 거야. 그 분노 때문인지 지금도 가끔 비가 억수로 퍼붓던 그 여름방학, 이층집에서 선생에게 당한 일들이 꿈에 나타난단다. 그 일은 내게 트라우마가 되어 남자를 혐오하게 만들고, 남녀 간의 아름다운 사랑조차 믿지 못하게 했어. 하지만 윤지야, 내 제자인 너만큼은 무슨 일이 있어도 지켜줄 거야. 그러니 이제 아무 걱정하지 마. 넌 이제 혼자가 아니란다. 내가 네 곁에는 있으니까. 내가 널 보호해줄 거야."

담임은 윤지의 두 손을 꼭 잡았다. 잡은 손에서 온기와 함께 단단한 힘이 느껴졌다.

'쌤도 나하고 똑같은 일을 당했구나. 그리고 그 상처로 지금까지 괴로워하고 있어.'

윤지는 담임이 지금처럼 씩씩해진 건 어쩌면 자신의 아픈 상처를 들키지 않으려는 안간힘을 쓰는 건지도 모른다는 생각이 들었다.

"윤지야, 앞으로 네가 감당하기 어려운 일들이 많이 일어날 거야. 하지만 아무 걱정하지 마. 모든 선생님들이 다 미술 선생님처럼 비정상적인 건 아니니까 모두 우리 편을 들어주실 게다. 난 우리 사회를 이끌어가는 힘은 바로 정의라고 생각하거든. 정의가 살아 있는 한 그 누구도 널 혼자 두지 않을 거야. 그러니 흔들리지 말고 겁먹지도 말고 꿋꿋하게 이 문제를 헤쳐나가자."

"……네."

윤지는 고개를 끄덕이며 대답했다.

상담실을 나오며 윤지는 더 마음이 무거워졌다. 담임에게 모든 걸 털어놓으면 마음이 홀가분할 줄 알았는데 그게 아니었다.

'내가 정말 잘한 일일까. 괜히 말을 한 건 아닐까. 미술 쌤이 나한테 해코지를 하면 어쩌지?'

상담실을 나오는 윤지의 발걸음은 천근만근 무겁기만 하였다.

"윤지야, 너 어디 아프니? 요즘 네 얼굴이 말이 아니야."

야자가 끝나고 가방을 챙기는데 미아가 옆으로 와서 말했다.

"미아야, 너도 만만찮은데? 왜 그렇게 죽을상을 하고 다니니? 혹시 쭌이랑 몰래 만나다가 엄마한테 들키기라도 한 거야?"

윤지는 걱정스레 미아의 얼굴을 바라보았다.

"윤지야, 나, 더 이상은 못 참겠어. 너한테라도 말을 해야 속이 시원할 것 같아. 나가자."

미아는 앞장서서 교문을 빠져나가더니 한 번도 안 가본 낯선 카페로 윤지를 데리고 갔다.

"너희 엄마가 귀가 시간을 체크하고 있을 텐데 괜찮아?"

그동안 야자가 끝나기만 하면 1분도 지체하지 않고 집으로 달려가던 미아였다.

"우리 엄마 오늘 해외 출장 갔어. 아줌마한테 나를 감시하라고 했지만 괜찮아. 아줌마는 내 편이거든."

"그래? 그럼, 무슨 일인지 빨리 말해봐."

윤지는 미아가 시킨 생과일 쥬스 한 모금을 마시며 물었다. 자기 코가 지금 석 자인데 누구 고민 상담을 해주나, 우습기도 했지만 미아가 워낙 다급해 보여서 모른척 할 수가 없었다.

"윤지야, 사랑하면 자꾸 만지고 싶고 같이 있고 싶은 게 정상인 거니? 우린 아직 열일곱 살이고, 겨우 고1밖에 안 됐는데 어른처럼 그래도 되냐고? 쭌이가 자꾸 나만 만나면 같이 있자고 졸라대."

"그게 무슨 소리니? 설마?"

윤지가 소스라쳐 놀라 물었다.

"그래, 같이 있고 싶다는 게 무슨 뜻인지 너도 알지? 손잡는 거, 입맞춤하는 거, 그런 게 아닌 더 달콤하고 진하고 뜨거운 걸 말한다는 거. 물론 나도 그러고 싶지. 하지만 윤지야, 그러면 안 되는 거 아니니? 우린 아직 우릴 책임질 수 있는 아무런 능력도 없잖아. 난 겁이 나. 쭌을 만나는 게. 만약 쭌이 말대로 그러다가 무슨 일이 벌어지면……."

미아는 더 이상 말을 하지 못한 채 몸을 부르르 떨었다. 윤지도 미아가 지금 무슨 말을 하려는지 짐작했다. 뉴스나 잡지, 드라마에서 청소년들이 임신을 하고 미혼모가 되고 어쩌고 하는 이야기는 남의 일인 줄만 알았다. 문제아, 불량소년소녀들에게나 해당되는 이야기인 줄 알았다.

그런데 그런 이야기가 윤지 주변에서도 얼마든지 일어날 수 있다는 사실이 놀라웠다. 그것도 엄마 아빠의 지독한 관심과 사랑, 배려를 받고 남부럽지 않게 사는 미아에게 말이다.

"윤지야, 너도 너무 놀라서 말이 안 나오지? 그치? 나 이제 어떡하면 좋을까, 나도 쭌이랑 계속 만나고 싶고 쭌을 좋아하지만 그건 용기가 안 나."

미아는 거의 울 듯한 얼굴이었다.

"미아야, 네가 쭌을 좋아하는 마음은 나도 잘 알아. 쭌도 너를 좋아하고. 하지만 좋아한다고 해서 뭐든지 다 할 순 없지 않니? 좋아하는 만큼 책임이 따른다는 거지. 만약 너와 쭌이 서로 거기까지 간 다음에, 그다음에 일어날 여러 가지 일들을 감당할 수 있다면 그렇게 해도 좋겠지. 하지만 미아야, 그런 일들은 우리가 감당하기에는 아직 너무 힘든 문제야. 우린 아직 갈 길이 멀어. 내가 너무 고리타분하니? 아니면 너무 범생이 같은 말만 하니?"

윤지는 언니처럼 충고를 해주었다. 미정이라면 이럴 때 무슨 말을 해줄까, 잠시 생각했지만 윤지는 그렇게밖에 말할 수 없었다. 미술 선생과의 일을 겪으면서 모든 일에는 책임이 따른다는 걸 절감했기 때문이었다.

"나도 네 생각하고 똑같아. 만약 그렇지 않으면 나도 이미 쭌이가 원하는 대로 했을 거야. 하지만 아무리 생각해도 겁이 나. 그런 일을 벌이기에는 가야 할 길이 너무 멀다고. 그런데 문제는 쭌이에게 안 된다고 말할 용기가 안 생겨. 어떡하지? 쭌이가 이번 내 생일에 우리의 D-day를 잡자고 하거든."

미아는 이러지도 저러지도 못한 채 불안에 떨었다. 자칫하면 쭌이를 놓칠까 봐 걱정이 되는 모양이었다.

"미아야, 나는 쭌이가 너를 진짜 좋아한다면 네가 거절해도 이해해 주리라 믿어. 만약 그걸 이해 못 하는 아이라면 헤어져도 좋지 않을까? 너를 지켜주고 보호해주지 않고 그저 자신의 즐거움을 찾으려 하는 아이니까. 용기를 내서 네 의사를 정확하게 밝히는 게 제일 현명

한 일이라고 생각해."

윤지는 미아에게 충고를 하였지만 어쩌면 그건 자기 자신에게 하는 말이었다.

'그날 쌤이 내 손을 잡았을 때 "이러지 마세요!" 하면서 얼른 손을 빼냈어야 했어. 그런데 나는 용기가 없어서, 설마 쌤이 다른 생각을 하고 있다고는 눈치채지 못한 채 그대로 있었잖아. 그때 내가 손을 뿌리치고 미술실을 나왔다면 아무 일도 일어나지 않았을 거야. 그런데 나는 엉거주춤, 무슨 일이 일어나는지도 모르고 바보처럼 거길 드나들었던 거야.'

윤지는 벌써 골백번도 더 후회를 하였지만 아직도 그날을 떠올리면 가슴이 미어졌다.

"그래, 알았어. 윤지야, 고마워. 네 말대로 용기를 내서 쭌이에게 말할게. 우리가 일단 대학에 들어갈 때까지 만이라도 그냥 좋은 친구로 남자고. 만약 쭌이가 그게 싫다면 난 쭌이한테 그만 만나자고 할 테야. 물론 내가 힘들겠지만 그렇게 할게."

미아는 조금 마음이 안정된 듯 보였다.

"그래, 파이팅!"

윤지는 미아가 부디 용기 있게 자기 생각을 쭌에게 말해주길 빌었다.

09

너는 혼자가 아니야

윤지는 학교에 갈 때마다 불안했다. 아이들 몇 명이 모여 이야기하는 것만 봐도 가슴이 두근거렸다.

'혹시 내 이야기를 하는 게 아닐까?'

하지만 아직 윤지가 생각하는 그런 일은 일어나지 않았다. 그렇게 사흘째 되는 날이었다. 담임이 조용히 상담실로 윤지를 불렀다.

"네 문제를 교장, 교감에게 서면으로 작성하여 제출하려 한다. 그렇게 되면 이제 곧 '학교진상조사위원회'가 열릴 거야. 그리고 그 자리에서 위원들이 너에게 많은 걸 질문할 텐데 괜찮겠니?"

"……."

윤지는 갑자기 주춤 뒷걸음질치고 싶은 마음이 굴뚝같았다. 많은 선생님들과 학부모, 학교 담당 경찰관이 앉아 있는 자리에서 선생과의 일을 증언해야 한다고 생각하자 숨이 턱 막히고 겁이 났다.

'아, 지금이라도 없었던 일로 하면 안 될까?'

윤지는 선뜻 대답을 못 한 채 망설였다.

그 순간 수정이의 얼굴이 떠올랐다.

'만약 내가 여기서 멈추면 수정이 혼자만 그 무서운 싸움터에 내보내고 나는 비겁하게 뒷전에 숨어 있는 꼴이겠지. 하지만 막상 많은 사람들 앞에 서려니 겁이 나. 도망가고 싶어. 아, 어떡하지?'

윤지는 한참을 망설이다가 입을 열었다.

"쌤, 오늘 하루만 더 생각해보고 말씀드릴게요. 지금은 저도 너무 혼란스러워서 어떻게 해야 좋을지 모르겠어요."

윤지는 감당할 수 없는 고통이 닥쳐올까 봐 지레 겁이 났다.

"그래, 너에게 아무것도 강요하지 않아. 단 한 가지, 무슨 일이 있더라도 나는 네 옆에서 너를 도울 셈이다. 그리고 나와 뜻을 같이 하는 몇몇 선생님들도 있단다. 그러니 너는 혼자가 아니란다. 잘 생각해보고 용기를 내주기 바란다. 알았지?"

"네, 그럴게요."

윤지는 무거운 마음으로 상담실을 나왔다.

"윤지야, 너 요즘 담임 쌤이랑 왜 그렇게 상담을 하는 거냐? 혹시 무슨 문제라도 있니?"

미정이가 고개를 갸우뚱하고 물었다.

"문제는 무슨. 그냥 진학상담했어. 나처럼 공부가 어중간한 사람은 대체 어느 대학엘 가야 하는지 궁금해서."

윤지는 눈을 흘기며 너스레를 떨었다.

"이제 겨우 우리가 고1인데 벌써부터 대학, 대학, 정말 지친다 지쳐. 하긴 나도 연예계로 나가보고 싶어서 연기학원을 기웃거렸더니 학원 선생마다 뭐라고 하는 줄 아니? 이미 너무 늦었다는 거야. 초등학교 때부터 연기 수업을 받은 아이들도 수두룩하다나. 그러면서 지금부터 연기 공부를 하려면 특별지도를 받으래. 그 특별지도 수강료가 얼마인지 아니? 우리 엄마가 시장에서 순대 팔아서 번 돈으로는 어림도 없다니까. 나도 지금 진퇴양난이다!"

미정이는 다리를 흔들흔들하며 말했다. 미정이는 키도 크고 얼굴도 예쁘고 날씬해서 쉽게 탤런트나 배우가 될 줄 알았는데 그것도 쉽지 않은 모양이었다. 게다가 부잣집 딸인 줄 알았던 미정이가 아무렇지도 않게 엄마가 시장에서 순대장사를 한다고 말하자 그것도 놀라웠다. 그제야 언젠가 분식집에서 아이들이 순대를 시키자 '난 순대 냄새도 싫어!' 했던 말이 떠올랐다. 부잣집 딸이라 순대 같은 건 안 먹는다는 말인 줄 알았더니 그게 아니었다. 윤지는 솔직하게 자기 입장을 이야기해준 미정이가 고마웠다. 미정이는 아이들이 생각하는 만큼 그런 날라리가 아니었다.

"윤지야, 우리 고민 따윈 개나 줘버리고 오늘 홍대나 갈까?"

미정이가 윤지를 꼬드겼다.

"아니야, 우리 아빠가 오셔서 늦게 가면 혼나. 다음에 가자. 안녕!"

윤지는 무거운 백 팩을 맨 채 천천히 집을 향해 언덕을 올라갔다. 머릿속으로 담임과 나눈 이야기를 곱씹으며 어떻게 해야 좋을지 생각하면서. 그때였다.

"윤지야, 신윤지!"

갑자기 길가에 세워둔 하얀 차 문이 활짝 열리더니 누군가가 윤지를 불렀다. 목소리는 귀에 익었지만 윤지는 당황한 나머지 처음에는 그 사람이 누구인지 알아보지 못했다. 그러다가 차에서 내려 윤지 쪽으로 가까이 다가오는 사람을 보곤 그때서야 소스라쳐 놀랐다. 미술 선생이었다.

"이제 오니? 널 기다리고 있었다."

선생은 여전히 부드러운 얼굴로 윤지를 바라보았다.

"여, 여길 어떻게……."

윤지는 너무 놀란 나머지 다리가 후들후들 떨렸다 선생은 학생주소록에서 윤지의 집 주소를 알아서 미리 길목을 지키고 있었던 게 분명했다.

"윤지야, 잠깐 차에서 이야기 좀 할까?"

"시, 싫어요. 쌤하고 할 이야기 없어요."

윤지는 고개를 세차게 저으며 뒷걸음질 쳤다. 다시는 선생의 꼬임에 넘어가지 않겠다는 의지였다. 그러자 선생은 주변을 두리번거리더니 건너편 놀이터를 가리켰다.

"그럼, 여기서는 말하기가 좀 그러니까 저기 놀이터 의자에 좀 앉

자꾸나."

윤지는 잠시 망설였다.

'이대로 도망을 갈까? 아니면 소리를 지를까?'

하지만 윤지는 도망을 가지도, 소리를 지르지도 않고 선생을 따라
갔다. 어쩌면 선생이 미안하다고, 잘못했다고 용서를 빌지도 모를 일
이니까. 윤지가 바라는 건 그거 한 가지였으니까.

놀이터에는 늦은 밤이라 그런지 아무도 나와 있지 않았다. 윤지는
선생이 앉은 벤치 끝에 간신히 엉덩이를 걸치고 앉았다.

"윤지야, 지난번에 내가 문자로 부탁을 했었지? 너와 내게 있었던
일은 아무에게도 말하지 말아 달라고. 그런데 너희 담임선생이 이미
그걸 알고 있더구나. 네가 담임과 모종의 조치를 취하려 한다며. 오늘
나와 친한 동료교사가 귀띔해줘서 알았다."

선생은 잠시 뜸을 드리다간 다시 말문을 열었다. 윤지는 이제나저제
나 선생이 미안하다, 잘못했다, 용서해달라는 말을 하기를 기다렸다.

"……그 말을 들으니 무척 서운하더구나. 내가 너를 얼마나 귀여워
하고 사랑해줬는데 나를 그런 파렴치한 선생으로 만들다니. 윤지야,
지금이라도 당장 너희 담임한테 네가 한 말이 사실이 아니라고 말해
주렴. 만약 그 일이 학교에 알려지면 나는 이때까지 쌓아온 교사로서,
화가로서의 명예가 땅에 떨어지고 말 게다. 그뿐인 줄 아니? 너도 더
이상 학교를 다닐 수 없을 만큼 아이들과 선생님들한테 조롱거리가
될 거야. 어쩌면 앞으로 살아가는 내내 그 일은 꼬리표처럼 널 따라다

닐 거야. 그러니 이쯤 해서 모든 건 네가 오해해서 생긴 일이라고 말하렴. 그것만이 너도 나도 살길이니까. 알겠지?"

어둠 속에서 선생의 목소리는 비수처럼 윤지의 가슴으로 날아왔다. 윤지는 가슴이 떨리고 온몸이 덜덜덜 떨려왔다. 그건 두려움과 무서움이 아닌 선생에 대한 분노 때문이었다.

"쌔, 쌤이 수정이한테도 어떻게 했는지 다 알아요! 얼마 전에 병원에 있는 수정이도 만났어요. 그런데도 쌤은 모든 걸 없었던 일로 하자고요? 싫어요, 수정이는 그 일 때문에 죽으려고 했어요. 그런데도 쌤은 조금도 미안해하거나 슬퍼하지도 않고 오히려 발뺌만 하려고 하시네요. 제가 지금 이 자리에 왜 따라온 줄 아세요? 혹시 쌤이 저에게 용서를 빌 줄 알았거든요. 그런데 그게 아니었어요. 쌤은 여전히 자기변명만 늘어놓으시네요. 전 쌤이 저를 정말 제자로 아끼고 사랑해주시는 줄 알았어요. 그런데 쌤은 그게 아니었어요. 어떻게 제자에게 그런 짓을……으흐흑……쌤을 결코 용서하지 않을 거예요……."

윤지는 그 자리를 박차고 일어나 마구 뛰어갔다. 등 뒤에서 선생이 윤지를 부르며 뛰어왔지만 지나가는 사람들을 의식해서인지 선생은 더 이상 따라오지 않았다.

'내가 바보야, 난 쌤에게 마지막 기회를 주고 싶었어. 잘못했다고, 미안하다고, 용서해달라고 하면 진짜로 없었던 일로 하려 했다고. 그런데 뭐라고? 여전히 자기변명만 하고 있잖아. 나를 협박하고! 아, 싫다, 싫어!'

윤지는 눈물범벅이 된 얼굴로 집 근처 나무 밑에 쪼그려 앉아 하염
없이 울었다. 핸드폰으로 선생이 보낸 계속 문자가 한 개, 두 개 연달
아 날아왔다.

윤지야, 제발 잘 생각하기 바란다. 너는 아무 일 없었던 듯 무
사히 학교를 졸업하면 그만이잖니. 하지만 나는 아직 일을 해
야 한다. 교사 자리를 잃을 수 없단 말이다. 그래, 미안하다, 내
가 잘못했다. 그러니 한 번만 나를 도와다오. 아무 일 없었다고
말을 해주렴.

윤지야, 너를 믿는다. 너는 그렇게 강한 아이가 아니란다. 너희
담임이 너를 어떻게 부추기는지 모르겠지만 나는 네가 누구보
다 여리고 착한 아이라고 생각했다. 너만 눈 감아 주면 이수정
문제도 덩달아 잘 해결될 테니 제발 부탁한다.

이 일이 학교에 알려지면 너는 평생 아이들의 소문과 호기심에
시달릴 게다. 훗날 남자를 만나도 이 문제가 알려지면 결코 행
복하지 못할 거야.
그러니 잘 생각하기 바란다.

선생의 문자는 구구절절 비겁하고 치사했다.
'다급하니까 이제 와서 그래, 미안하다, 내가 잘못했다, 그러니 나

를 한 번 도와다오, 라는 문자를 보내다니 정말 어이가 없네.'

윤지는 손등으로 눈물을 닦고는 천천히 집으로 들어갔다. 선생이 윤지를 찾아온 건 참으로 때가 좋지 않았다. 그 일이 없었으면 윤지는 모든 걸 덮을 생각도 했으니까. 하지만 이젠 아니었다.

'그래, 옳은 일이 아닌 줄 알면서도 침묵하는 건 비겁한 일이야. 나도 미술 쌤이랑 조금도 다를 거 없는 사람이야. 말해야 해.'

윤지는 입술을 꼭 깨물며 다짐하였다. 정확한 답을 찾기 위해서 이젠 망설임 따위는 필요하지 않았다.

집 안으로 들어가자 어쩐 일인지 집 안이 조용했다. 소주병이 거실에 굴러다니는 걸 보면 아빠는 이미 취해서 잠들었고, 엄마도 지쳐 쓰러진 게 분명했다.

윤지는 엄마 아빠가 깰까 봐 조마조마한 마음으로 살금살금 방으로 들어갔다. 그리곤 조용히 핸드폰을 열고는 담임에게 메시지를 보냈다.

> 쌤, 마음의 결정을 내렸어요.
> 어떤 일이 있어도 제 편이 되어 주신다고 했지요? 저 혼자는 겁이 나고 두렵지만 쌤과 함께라면 용기를 내볼게요.
> 진실을 외면한 채 침묵하는 건 옳은 일이 아니라고 생각했거든요.
> 쌤, 제 손을 끝까지 잡아주세요!

윤지는 담임에게 문자를 보내고 나자 오히려 마음이 편해졌다. 어떤 폭풍우가 몰려올지 아무도 모를 일이었지만.

> 윤지야, 힘들게 용기를 내주어 정말 고맙다. 내일 학교에 가면 네 문제를 서면으로 학교 당국에 보고하마. 그러면 며칠 내에 '학교진상조사위원회'가 열릴 거야. 그때까지 꿋꿋하게 잘 견디기 바란다. 너는 더 이상 혼자가 아니야. 나는 언제까지나 네 편이다.

윤지는 담임의 문자를 몇 번이나 읽고 또 읽었다.

그리고 며칠 후 마침내 그날이 오고야 말았다. 윤지는 '진상위'에 불려나갔다. 그 자리에는 교장, 교감을 비롯해 교무주임 등 선생님들과 학부모 몇 명, 경찰도 와 있었다.

담임은 윤지의 손을 꼭 잡은 채 옆자리에 앉았다.

"지금부터 신윤지 학생과 김시준선생 사이에 있었던 불미스러운 일에 대한 제2차 진상조사를 시작하겠습니다."

'진상위' 위원장인 교무주임이 나서 말했다. 제2차 조사라고 하는 건 이미 1차에서 김시준선생을 조사했다는 이야기였다.

"신윤지 학생은 그 문제에 대해서 증언해주세요."

위원장이 윤지를 보며 딱딱하게 말했다. 그 순간 윤지는 몸이 떨리면서 마치 죄인처럼 수치스러움이 확 몰려왔다. 그때 담임이 나서서 말했다.

"이미 서면 보고를 통해 다 말씀드린 사안입니다. 이 학생은 죄인이 아닙니다. 그런데도 그 이야기를 또다시 거론하라고 하는 건 아이를 두 번 죽이는 일이나 마찬가지입니다. 서면으로 보고된 걸 보고 추가 질문할 게 있으면 해 주십시오."

담임의 목소리에도 화가 잔뜩 묻어있었다.

"윤지학생, 학생은 그날 김시준 선생의 모습에서 이상한 점을 느끼지 않았나요?"

"……아니요."

"그 일이 일어나기 전에 선생은 윤지 학생의 손을 잡는다거나 어깨를 껴안는 등 과도한 스킨 쉽을 해왔다고 했습니다. 그런데도 계속하여 미술실을 드나든 이유가 무엇인지요?"

한 학부모의 질문에 윤지는 저절로 숨이 턱 막혀왔다. 뭐라고 대답해야 하나, 선생의 그런 행동이 싫지 않았다고 해야 하나, 아빠한테 구박만 받다가 그런 대우를 받으니 따뜻하고 다정해서 설레었다고 말해야 하나, 아니면 뭐가 뭔지 몰라서 가만히 있었다고 해야 하나.

윤지는 자기 자신에게 솔직해지기로 하였다.

"……저는 그게 저에 대한 관심이라고 생각했어요. 아빠가 딸에게 하는 듯, 자연스러운 행동이라고 여겼어요."

"그런 일을 당하면서도 기분이 나쁘지 않았다는 뜻인가요?"

또 다른 선생이 질문을 해왔다.

"처음엔 그랬어요. 아주 특별한 대우를 받는 듯했으니까요."

"윤지 학생의 말을 듣고 보니 이 문제에 대해서는 윤지 학생도 문제가 있다고 여겨집니다. 선생의 그런 태도를 보였는데도 계속해서 미술실을 찾아간 건 이미 무슨 일이 일어날지 알고 있었다는 뜻으로 여겨집니다."

"강영숙 위원님, 그건 말도 안 되는 소리입니다. 이제 겨우 열일곱 살 어린 여학생입니다. 선생이 따뜻하게 대해주니까 더욱 고마움을 느끼고 그림을 배우러 간 겁니다. 김시준 선생은 그 점을 노린 거고요. 선생이라는 권력을 이용해서 아이가 자연스레 친밀감을 느끼도록 만든 후 자신의 목적을 이루려 했던 겁니다. 이건 전형적인 그루밍 성추행이라고요!"

담임이 목소리를 높여 윤지를 옹호하고 나섰다.

"그렇습니다. 제가 보기에도 이 문제는 김시준 선생이 작정하고 윤지 학생에게 호감을 느끼게 한 겁니다. 아무런 의심 없이 자신에게 가까이 다가오도록 유인을 한 거죠. 이 일은 이수정 학생의 경우와도 너무나도 판박이처럼 똑같습니다."

윤리부장 박민규 선생이 담임의 의견에 동조를 하였다.

그때 가만히 앉아서 이야기를 듣던 교장이 조용히 말문을 열었다.

"자, 다 좋습니다. 누구의 잘못이든 간에 저는 이 문제를 조용히 덮고 넘어갔으면 합니다. 김시준 선생에게는 시말서를 쓰게 할 테니, 윤지 학생도 학교의 명예를 위해서라도 이 문제를 그냥 덮어줬으면 하는데…… 윤지 학생, 그렇게 해주겠나?"

"......."

교장은 윤지를 지긋이 바라보며 사정하였다.

"......."

윤지는 어이가 없었다. 어렵사리 칼을 빼들었는데 무도 자르지 못한 채 칼을 칼집에 넣어두라는 소리였다.

"교장선생님, 그렇게는 안 됩니다. 구린내 나는 물건을 그대로 감춰둔다고 해서 냄새가 안 납니까? 잘못을 밝히고 김시준 선생의 사과를 받아내고, 김시준 선생은 그에 합당한 벌을 받아야 합니다. 학교의 명예보다 중요한 건 이 아이의 자존심입니다. 이 아이가 당한 마음의 상처는 대체 누가 보상해준단 말입니까? 그리고 지금 한 아이는 김시준 선생이 저지른 일로 상심한 나머지 삶을 끊으려고 했습니다. 아직도 그 트라우마에서 벗어나지 못한 채 정신과 치료까지 받고 있다고요! 꽃다운 이 아이들을 짓밟은 선생을 그대로 두는 건 오히려 사랑, 진실, 박애를 외치는 누리여고의 정신에 더 어긋나는 일이지요. 다시는 이런 일이 없도록 김시준 선생은 공개 사과를 하고 합당한 벌을 받아야 합니다!"

담임은 화가 나서 소리쳤다.

"어허, 장유정 선생, 그건 너무 과한 벌 아닙니까? 선생은 우리 누리 여고가 사람들 입에 오르내리고 망신을 당해야만 속이 풀리겠습니까? 담임이 얼마나 허술하게 아이들을 단속했으면 일이 이 지경에 이르기까지 몰랐단 말이오? 이 문제에 대해서는 담임도 책임을 피할 수 없다는 걸 모르시오? 어제 '진상위'에서 조사를 해보니 되레 저 신윤주 학생이 선생에게 김밥을 싸다준다 어쩐다 하면서 선생의 환심을 사려고 애썼다던데, 그걸 알고나 하는 소리요?"

교장은 이제 담임에게 그 화를 퍼부었다. 김시준 선생이 자기가 한 잘못을 고스란히 윤지에게 덮어 씌우고 있다는 게 밝혀졌다.

"교장 선생님은 윤지 학생이 당한 일에는 관심이 없고 오로지 학교의 명예만 생각하십니까? 정말 실망입니다. 네, 저에게도 책임이 있다는 거 잘 알고 있습니다. 제가 책임져야 할 부분이 있다면 당연히 책임을 지겠습니다. 하지만 이런 식의 '진상위'는 더 이상 필요가 없습니다. 자, 윤지야, 나가자!"

담임은 윤지의 손을 잡아끌고는 서둘러 회의장을 빠져나왔다.

"아아, 윤지야, 우리가 이렇게 이기적인 사회에 살고 있구나. 하지만 나는 옛날부터 한 가지 신념이 있었단다. 정의가 이긴다는 거, 진실은 언젠가 밝혀진다는 거. 내가 당한 걸 너에게까지 당하게 하진 않을 거야. 나에게 다른 방법이 있으니 너무 실망하지 말고 우리 꿋꿋하게 싸우자."

담임은 오히려 윤지를 위로해 주었다. 이제 담임은 윤지 편에 서서 학교에 선전포고를 한 셈이었다. 싸움은 이제 새로운 시작이었다.

"상대가 강하다고 해서 미리부터 겁먹을 필요는 없단다. 아무리 깊고 넓은 호수도 둔덕에 난 작은 구멍으로 무너질 수 있다는 걸 우린 알고 있잖니."

담임은 의미심장한 미소를 지었다.

윤지는 담임과 함께 이제 미술 선생뿐 아니라 학교와도 싸워야 한다는 게 실감이 났다. 그러면서도 선생도 학교 당국도 모두 진실을 덮으려 한다는 게 화가 났다. 이제 윤지가 해야 할 일은 딱 한 가지였다. 담임과 손잡고 그 싸움에 뛰어들 수밖에 없다는 사실이었다.

다음 날 학교에 간 윤지는 깜짝 놀랐다. 아이들이 힐끔힐끔 윤지를 바라보며 무언가 수군거렸다.

'뭐지?'

윤지는 어떻게 된 일인지 궁금했지만 차마 물어볼 수가 없었다.

그때 교실 문을 들어서던 반장 하영이가 윤지를 보곤 흠칫 놀라며 달려왔다.

"유, 윤지야, 그게 사실이니, 응?"

"뭐가?"

"담임 쌤이 우리 반 단톡방에 글을 남기셨어. 네가 미술 쌤한테 당한 일에 대해서. 우리들의 도움이 필요하다고. 아아, 어떻게 그런 일이 있을 수 있지?"

하영이의 말에 그제야 힐끔힐끔 윤지를 바라보던 아이들이 하나 둘 곁으로 몰려왔다.

"그러니까 5반 이수정의 말이 거짓이 아니었나 봐."

"미술 쌤 너무 심하다, 심해!"

그때까지만 해도 이수정이 꾸민 일인지, 정말 미술 쌤이 그런 일을 했는지 헷갈려하고 있었던 아이들은 놀라서 어쩔 줄 몰랐다.

"그러면 그렇지. 난 정말 신윤지, 네가 미술 실력이 뛰어난 줄 알았어. 그런데 그게 아니라 미술 쌤이 어리바리한 널 얕보고 이용 한 거라니!"

늘 윤지가 미술 선생의 관심을 받는 걸 못마땅하게 여기던 세정이가 훅 강편치를 날려 왔다.

'누가 무슨 말을 해도 꾹 참아야 해. 앞으로 어떤 일이 벌어질지 모르니까.'

윤지는 두 주먹을 꼭 쥔 채 속으로 다짐하였다. 하긴 세정이의 말이 틀린 건 아니었다. 선생이 진짜로 어리숙배기 같은 윤지를 택한 거였으니까. 선생이 내민 손을 잡은 건 윤지 자신이었고.

"윤지야, 그동안 얼마나 마음고생이 심했니? 난 그것도 모르고 내 고민만 너한테 마구 털어놓았잖아."

미아가 눈물을 글썽이며 윤지를 꼭 안아주었다.

"그런데 그루밍이라는 게 대체 뭐지? 담임 쌤이 단톡에 그렇게 썼잖아. 이 문제는 전형적인 그루밍 성추행이라고."

언제 왔는지 보미도 옆에서 고개를 갸우뚱하고 물었다.

"그래서 내가 그루밍이 뭔지 인터넷에서 찾아봤어. 그랬더니 성적 착취를 목적으로 아동이나 청소년과 미리 친밀한 관계를 맺어두는 행위를 말한대. 그러니까 미술 쌤이 윤지에게 그림을 잘 그린다고 칭찬하고 어쩌고 하면서 미술실로 불러들인 행위 같은 거지. 그런 다음에 나쁜 짓을 하고."

"맞아 맞아, 윤지한테 장 미쉘 바스키아 어쩌고 하면서 윤지를 한 껏 비행기를 태웠잖아. 그런 게 다 미리미리 친밀감을 높이기 위해 작전을 쓴 거란 말이지?"

"보통 이웃집 아저씨나 가까운 친척 오빠, 교회 오빠, 과외선생처럼 늘 가까이에 있는 사람들이 성추행, 성폭행 같은 일을 저지르는 경우가 많대. 그게 바로 그루밍이라는 거래. 미리미리 신뢰를 쌓은 뒤 거부감이나 경계심이 들지 않도록 한 다음에 몹쓸 짓을 저지른 후 누구에게도 말하지 못하게 입을 막는 수법이래."

아이들의 입에서 낯선 용어들이 마구 튀어나왔다. 하영이가 '그루밍'에 대해 설명을 해주자 윤지는 그 말이 어디서 유래가 되었는지는 모르지만 저절로 이해가 되었다. 선생이 윤지에게 한 수법이 딱 그루밍이었다. 윤지는 그 자리에 있는 것만으로도 고통스러웠다. 그날의 기억들이 새삼 떠오르고 가슴이 마구 뛰었다.

아이들 중에는 윤지를 이해하고 동조해주는 아이들도 있었지만 또 한편으로는 윤지의 어리석은 행동을 비난하는 아이들도 있었다.

"그러니까 그런 낌새가 보이면 얼른 뛰쳐나오든가 다시는 안 찾아갔어야지 왜 거길 또 갔느냐고? 윤지한테도 책임은 있는 거 아니니?"

"그러게. 윤지가 미술 쌤을 좋아하는 마음이 있었던 거 아닐까?"

윤지는 아무 말도 할 수 없었다.

'내가 이 일을 밝힌 진짜 이유는 뭐지?'

아이들에게 모욕을 받아 가면서 윤지가 모든 걸 밝힌 건 바로 잘못을 인정하지 않는 선생에 대한 분노, 윤지처럼 피해를 받는 학생들이 또 생기지 않기를 바라는 마음에서였다. 그런데 장차 이 일이 어떻게 될지 윤지로서도 알 수 없는 일이었다.

둘째 시간, 수학이 끝난 후 윤지는 화장실로 숨어들었다. 아이들의 따가운 시선을 피해 윤지는 용기를 내어 핸드폰을 열고는 1학년 3반 단톡방엘 들어가 보았다. 벌써 참여인원이 200명을 넘고 있었다.

'어떻게 된 일이지?'

윤지네 반은 기껏해야 겨우 35명뿐이었다. 윤지는 서둘러 단톡방에 쓴 담임의 글을 읽기 시작하였다.

> 얘들아, 사랑하는 우리 1학년 3반 아이들아,
> 오늘 나는 무척 마음 아프고 슬픈 어떤 일을 너희들에게 알려주려 한다. 이 글을 읽기 전에 나하고 한 가지 약속을 하자. 그 누구도 이 일에 대해 당사자인 신윤지를 비방하거나 비난하지 말고 지금 윤지의 입장에서 이해하고 위로해주고 배려해주기 바란다. 이 일은 윤지가 무척 어렵사리 꺼낸 이야기니까 너희들이 윤지의 입장을 존중해주기 바란다.
> 윤지는 지난봄부터 김시준 선생의 칭찬과 격려에 힘입어 미술실에 나가 그림을 그렸단다. 누군가 자신을 칭찬해주면 들뜨고 설레는 건 당연한 일이니까. 윤지도 그런 마음으로 미술실을 드나들었다.

하지만 어느 날 김시준 선생은 윤지를 자신이 그리던 나체 그림 앞에 세우고는 자신의 뮤즈가 되어달라며 추행을 시작하였단다.
김시준 선생의 이런 행위는 전형적인 그루밍 성추행이란다.
대부분 권력이나 친분을 이용해 아동이나 청소년들을 추행하는 일을 뜻한단다.

이 일로 윤지는 마음의 상처를 깊게 받았지만 아무에게도 털어놓지 못한 채 혼자 괴로워하였단다. 그러다가 이수정 사건이 일어나자 용기를 내어 이 일을 세상에 밝히는 거란다. 자신처럼 똑같은 희생자가 생기지 않기를 바라는 마음으로, 김시준 선생의 진정어린 사과를 바라는 마음으로 말이다. 그런데도 학교 당국은 학교의 명예가 떨어지는 일이라며 조용히 이 문제를 덮으려고 한다.
얘들아, 나는 너희들에게 묻고 싶구나. 과연 이 일을 없었던 일로 쉬쉬하며 묻어둔 채 침묵하는 게 옳은 일인지, 아니면 세상 밖으로 알려 가해자가 벌을 받고 또 다른 피해자가 없도록 해야 하는지.
이 일은 너희들의 도움이 필요하다.
앞으로 윤지에게 어떤 일이 닥칠지 모르지만 너희들의 위로와 관심만이 윤지의 상처를 치유해주게 될 테니까. 그리고 이 글을 읽고 너희들이 입소문을 내주기 바란다. 그러려면 우리 반 단톡방으로 너희들이 초대하고 싶은 친구나 선배들을 초대하여 주렴.

그들이 이 글을 읽고 또 다른 사람의 SNS에 퍼 나르도록. 그렇게 하여 이 문제가 수면 위로 떠올라 윤지와 수정이, 그리고 보이지 않는 그 누군가의 상처를 위로해주는 일이 되도록 말이다. 부탁한다.

'아, 그랬구나.'

윤지는 담임의 글을 읽으며 모든 게 이해가 되었다. 반 아이들이 담임의 당부대로 자기가 알리고 싶은 사람들을 초대하여 모두에게 이 일이 알려지도록 하였다는 걸.

윤지는 떨리는 손으로 담임의 글 아래에 달린 댓글들을 읽었다.

신윤지, 파이팅!
네 곁에는 우리가 있단다.

말도 안 돼! 그러고 보니 미술 쌤이 수업시간에 내 등을 어루만진 적이 있음

김시준 쌤, ㅂㅌ 아니야?

오죽하면 이수정이 죽으려고 했을까!

김시준 쌤은 당장 용서를 빌어야 한다!

혹시 더 많은 피해자가 있는 건 아닐까?

무서운 세상이다.
선생이 제자를 건드리다니!

신윤지, 이렇게 꼭 까발려서 누리여고의 명예를 떨어뜨려야만 했을까?

누리여고를 다닌다는 게 부끄럽고 창피하다.

둘 다 당장 학교를 떠나라!

네 일이 아니라고 함부로 말하지 마!
당사자는 얼마나 고통스러웠겠니?

윤지는 화장실에서 나올 수가 없었다. 댓글 속에는 윤지를 옹호하는 글도 있지만 비난하는 글도 꽤 있었다. 중세시대 마녀사냥을 당한 집시들도 이런 기분이었을까. 윤지는 발가벗겨진 채 광장 한복판에서 있는 기분이었다. 얼굴이 화끈거리고 가슴이 두근두근 거리고 몸이 저절로 덜덜 떨렸다.

간신히 몸을 추스른 윤지는 교실로 들어왔다. 아이들의 뜨거운 시선이 윤지의 온몸으로 바늘처럼 꽂혔다.

윤지는 수업 시간에도 공부에 집중할 수 없었다. 선생님들도 이미 윤지의 일에 대해 아는 눈치였다.

'수정이처럼 나도 당분간 학교를 나오지 말까?'

선생님들이 윤지를 바라볼 때마다 쥐구멍이라도 있으면 들어가고 싶었다.

하지만 하루도 채 지나지 않아 담임이 단톡방에 올린 글은 이미 전교생한테 퍼져나갔다. 이제 1학년 3반 단톡방에는 더욱 많은 글들이 올라왔다. 윤지는 더 이상 핸드폰을 열어 그 댓글을 볼 자신이 없었다.

점심시간에 급식실로 가지 않고 운동장으로 나가려는 윤지의 팔을 미아가 잡아끌었다.

"윤지야, 밥 먹으러 가자. 다른 때보다 밥 더 많이 먹고 힘을 내야지. 그래야 싸울 수 있으니까. 가자!"

"싫어, 밥 생각 없어."

"윤지야, 나 너한테 지금 화 많이 났어. 어쩜 그런 일이 있는데도 나한테 아무 말도 안 했니? 난 모든 비밀을 너한테 다 털어놨는데. 너 혼자 속으로 그걸 삭이느라 얼마나 힘들었냐고!"

미아는 눈물을 글썽이며 눈을 흘겼다.

"말할 수가 없었어. 어떻게 말해? 어떻게 내가 쌤한테 그런 일을 당했다고 말하느냐고? 말을 하고 나니까 이렇게 무섭고 두려운데. 아이들이랑 선생님들의 눈총을 받는 것도 너무 버겁고."

윤지의 두 뺨으로 눈물이 주르르 흘러내렸다.

"윤지야, 그래도 잘했어, 정말 잘한 거야. 그렇지 않으면 이수정처럼 또 누군가가 죽을 수도 있잖아. 너처럼 마음에 큰 상처를 안고 살아야 할 아이도 있고. 네가 용기를 낸 건 정말 잘한 일이야."

미아는 힘주어 말했다. 그러다간 생각났다는 듯 다시 말을 꺼냈다.

"윤지야, 지금 네가 이런 말 들을 기분이 아니라는 거 알아. 하지만 말할게. 사실 나도 그날 너하고 이야기한 후 용기를 냈단다. 쭌에게 말했어. 이건 사랑이 아니라 성적 호기심, 또는 욕심이라고. 기다려주고, 보호해주고, 배려해주는 게 진짜 사랑이라고. 쭌에게 용기 내어 우리 당분간 헤어지자고 말했어. 어쩌면 그 당분간이 영원한 헤어짐이 될지도 모르지만. 그래도 괜찮아. 나에겐 또 다른 미래가 찾아올 테니. 자, 우리 밥 먹으로 가자!"

미아는 씩씩한 전사처럼 윤지의 손을 끌고서 급식실로 들어갔다.

급식실에 앉아 있던 1학년, 2학년, 3학년 모두가 다 윤지를 바라보았다.

"쟤가 신윤지야! 미술 쌤이 건드린 애!"

"정말? 예쁘지도 않은데? 그냥 평범한 아이잖아. 미술 쌤은 대체 왜 저런 아이를 좋아했을까?"

"바보야, 그러니까 김시준 쌤이 변태가 틀림없어."

"이건 진짜 막장 드라마가 따로 없네."

아이들의 말은 윤지의 귓가에 화살처럼 핑핑 날아와 박혔다.

'그래, 참고 견뎌야 해. 누가 이따위 말에 쓰러질 줄 알고!'

윤지는 식판에 받아온 밥과 국, 반찬을 꾸역꾸역 입속으로 퍼 넣었다. 눈가에 차오르는 눈물을 애써 참으면서.

10

나비의 날갯짓은 바람을 타고

하루가 다르게 1학년 3반 단톡방은 참여인원이 기하급수적으로 늘어났다. 그건 담임이 의도한 대로 일이 진행되고 있다는 뜻이었다. 아이들은 자기가 아는 친구와 선배들을 초대하였고, 그들이 또 다른 누군가를 초대하여 이제 단톡방은 1학년 3반뿐 아니라 수많은 회원으로 늘어났다. 그중에는 1학년 뿐아니라 2학년, 3학년 선배들의 글도 있었다.

> 신윤지, 정말 용감하구나. 김시준 쌤은 우리를 가르칠 때도 이상한 행동을 했단다. 미술실에서 도망 나오다가 다리를 다친 아이도 있는 걸.

누리여고에서 김시준 쌤만 그런 게 아니다, 영어를 가르치는 000선생도 마찬가지이다. 걸어가면 뒤에서 엉덩이를 만지고, 브래지어 끈을 잡아당겼다가 놓고, 숙제를 안 해가면 팔 안쪽의 살을 꼬집는 등 이상한 짓을 많이 했다.

학교 당국은 당장 변태 선생들을 조사해라!

000신생은 재수 없게 만나기만 아면 내 귓불을 삽아당 긴다. 아프기도 하고 기분이 엄청 드럽다.

000선생은 내 다리가 예쁘다며 이다음에 남자들이 좋아하겠다는 말을 서슴치 않았다.

지금도 그때 생각만 하면 구역질이 난다. 000선생은 내 몸매를 아래위로 훑어 보면서 "야, 쭉쭉 빵빵 잘 빠졌구나. 이다음에 남자들 꽤나 홀리겠는걸." 세상에, 그게 선생이 학생한테 할 말인가. 그 이후로 나는 몸매가 절대로 드러나지 않도록 헐렁헐렁한 후드 티만 입고 다닌다.

> OOO선생은 나를 옆자리에 앉히고는 허벅지에 손을
> 얹은 채 만지작거리며 수치심을 느끼게 했다.

단톡방이 폭주하자 이제 댓글은 학교 게시판으로까지 이어졌다.

학교 게시판에는 졸업생들까지 합세를 하였다. 그중에는 김시준 선생에게 당했다는 선배들이 익명으로 증언을 남겼다.

> 미술실에 숙제를 내러 갔는데 선생이 갑자기 내 손을 잡아당기
> 더니 무릎에 앉혔다. 그리곤 나를 안은 상태에서 그림을 보며주
> 며 뭐라고 설명을 하는데 나는 그때 뭐가 뭔지도 모르고 내가 뿌
> 리치면 선생이 무안해할까 봐 이를 악물고 참았다. 지금 생각해
> 보니 그게 바로 성추행이었다. 그때의 불쾌감은 졸업을 한 지 3
> 년이 지난 지금까지 잊히지 않는다. 지금이라도 꼭 처벌을 받았
> 으면 좋겠다.

> 대입을 위해 미술 실기 준비를 할 때였다. 선생이 특별지도를 해
> 준다고 해서 미술실을 찾아갔다. 그런데 내가 마악 두 손에 점토
> 를 묻힌 채 인체의 두상을 만들고 있을 때였다. 선생이 옆으로
> 와서 봐준다고 하더니 갑자기 내 뺨과 목덜미에 뽀뽀를 하였다.
> 나는 양손에 찐득찐득한 점토를 묻힌 채 꼼짝없이 선생에게 기
> 습 공격을 당했다. 정말 생각할수록 약이 오른다. 그때 점토 묻
> 은 손으로 선생의 뺨을 때리지 않은 게 두고두고 후회가 된다.

어느 날 김시준 선생이 나에게 '너는 내 첫사랑이랑 얼굴이 꼭 닮았구나. 자화상 한 점 그려줄 테니 미술실로 오렴.'하고 말했다. 난 원래 누구 닮았다는 말을 제일 싫어한다. 그때 내가 미술실에 갔더라면 무슨 일이 벌어졌을지 생각만 해도 끔찍하다.

그게 미술 선생의 수법이라니! 나한테도 르누아르 그림에 나오는 주인공처럼 몸매가 풍만해서 모델감으로는 최고라며 그리고 싶다고 하였다. 난 풍만하다는 말에 기분이 너무 나빠서 그다음부터는 그 선생만 보면 피해 다녔다.

이런 이상한 선생들은 당장 학교를 떠나라!

누리여고의 망신이다!

학교 당국은 뭘 하고 있는가?
당장 이런 선생들을 파면하라!

　학교 안팎이 이 문제로 시끌시끌한데도 학교 당국은 아무런 대책을 내놓지 못하였다. 게시판의 문을 닫고 더 이상 아무 댓글도 달지 못하게 하였다.

그러던 어느 날이었다. 윤지는 까무러칠 듯 놀랐다. 미술 선생의 문자가 또 날아와 있었다.

> 신윤지, 너 결국 일을 저질렀구나. 내가 그렇게 부탁을 했는데도 그 사실을 동네방네 다 떠들고 다니며 일을 이렇게 크게 만들다니. 하지만 내가 너를 성추행했다는 증거가 어디 있느냐? 아무 증거도 없이 나를 곤경에 빠뜨리다니! 학교를 떠나는 건 결국 네가 될 것이다. 그러니 지금이라도 네가 오해했다고 글을 올리기 바란다.

미술 선생은 그야말로 끈질기게 윤지를 괴롭혔다.

'그래, 아무도 본 사람이 없잖아. 미술 쌤이 나에게 그런 짓을 했다는 걸 어떻게 증명하지? 다행히 쌤이 그동안 보낸 문자를 지우지 않았지만 그게 무슨 증거가 될까?'

윤지는 선생의 말대로 겁이 더럭 났다.

학교가 끝나고 지친 모습으로 집으로 간 윤지는 소스라쳐 놀랐다. 엄마가 문 앞에 서 있다가 얼른 윤지의 손을 낚아채서 으슥한 골목으로 끌고 갔다.

"엄마, 왜 그래? 무슨 일 있어?"

윤지는 놀란 눈으로 물었다. 아빠가 다른 때보다 더 취해서 행패를 부리고 있나 겁이 더럭 났다.

"아이고, 이 지지배야. 도대체 학교에서 뭘 어떻게 하고 댕긴 거야, 응?"

엄마는 윤지의 등짝을 후려쳤다. 아빠의 잦은 폭행에 덴 엄마는 단한 번도 윤지에게 손찌검을 하지 않았다. 그랬던 엄마가 뭔가에 단단히 화가 나 있었다.

'혹시 엄마가 그 일에 대해서 아는 건가?'

순간 윤지는 흠칫 놀랐다.

"엄마, 그게 무슨 소리야? 알아듣게 말을 해야지………."

"몰라서 묻는 거야? 시치미 뗄 생각은 말아. 조금 전에 너희 학교 교감선생님이 다녀가셨어. 너 때문에 그 미술선생인가 하는 분이 불미스러운 일에 말려들어서 아주 곤욕을 치루고 있다고. 그게 정말이야? 미술 선생은 그저 네가 귀여워서 몇 번 머리랑 어깨를 쓰다듬은 걸 가지고 네가 성추행 어쩌고저쩌고하며 담임이랑 이 문제를 사방팔방 다 퍼뜨리고 다닌다면서? 어쩌자고 그런 일을 벌이는 거야? 학교에 다 소문이 퍼졌으면 너만 망신이잖아, 왜 그랬어?"

"뭐, 뭐라고?"

윤지는 어이가 없었다. 학교 당국은 이제 윤지의 집까지 찾아와서 거짓말로 엄마를 협박하고 돌아간 거였다.

"엄마, 그, 그게 말이야……."

윤지는 어떻게 변명을 할지 몰라 머뭇거렸다. 엄마는 윤지가 잘못했다고 여기는지 다시 다그쳐 물었다.

"너도 말했잖아, 미술선생이 너 그림 잘 그려서 예뻐한다며 김밥까지 싸가지고 갔잖아. 그러더니 갑자기 발을 끊은 게 그런 이유였어? 윤지야, 엄마도 다 알아. 네가 아빠한테 하도 사랑을 못 받아서 남자선생님이 잘해주는 걸 치근덕거리는 줄 오해한 거지? 그래서 그림도 그리러 안 가고 선생을 나쁜 사람으로 몰아간 거지? 그러면 못 써. 상대가 잘해주면 고마워할 줄도 알고 호의를 베풀면 받아들일 줄도 알아야지. 교감 선생님이 그러더라. 만약 일이 더 커지면 학교는 학교대로 망신을 당하고 너는 물론 미술선생도 학교에 나올 수 없다고. 이제 어떻게 하려고 그래?"

엄마는 사이비 종교의 광신자처럼 교감의 말이 진실이라고 믿는 모양이었다. 윤지는 그런 엄마가 등신 천치처럼 보였다. 다른 엄마였으면 이럴 때 어떻게 했을까? 민혜 엄마였다면 길길이 날뛰며 학교로 달려가 야단법석을 치며 미술 선생을 불러오라고 호통을 쳤겠지. 어디 감히 내 딸에게 손을 대냐고, 그게 선생이 할 짓이냐고. 요즘 때가 어느 때인데 그따위 행동을 하냐고. 그게 당연한 거 아닐까. 그런데도 바보같이 교감의 말을 믿고 윤지를 나무라다니.

"엄마, 엄마아! 그게 아니라니까! 정말 선생이 나를 만지고 더듬었다니까! 엄만 어떻게 교감 선생님 말만 믿고 나를 몰아붙이는 거야? 엄만 내가 그런 일을 당하고도 아무 소리 않고 쥐죽은 듯 살기 바라? 엄마처럼? 아빠한테 만날 당하고도 천사처럼 지내는 엄마처럼 그렇게 살란 말이야? 나보고 그랬잖아. 제발 엄마처럼 살지 말라고! 엄마처럼 살지 않으려고 난 기를 쓰고 용기를 낸 거라고!"

윤지는 봇물 터지듯 속사포처럼 엄마한테 고래고래 소릴 질렀다.

"그, 그게 정말이야? 윤지야, 정말 선생이 너한테 그런 몹쓸 짓을
했단 말이야? 그런데 그 교감 선생님은 왜 나한테 그렇게 말했지? 내
가 속은 거야? 에고, 윤지야, 그게 사실이야, 응?"

엄마는 그 자리에 털썩 주저앉았다.

"그래, 그렇다고! 그런 일을 당했는데도 난 엄마아빠한테 이 일을
알리고 싶지 않았어. 왠지 알아? 엄마아빠가 무슨 힘이 있어서 나를
지켜주겠어? 나를 도울 힘이 있어? 당당하게 나서서 내 딸을 왜 이 지
경으로 만들었냐고 말 한마디 할 수 있어? 술만 마시는 고주망태 아
빠에다 세상천지 분간 못하는 천사 엄마에다, 내가 뭘 믿고 이야기를
하겠어? 아무것도 해줄 능력도 없는데 말해서 뭐하냐고! 그 선생도
내가 이런 집 딸이라는 걸 다 알고 날 얕잡아 본 거라고. 알기나 해?"

윤지는 악에 받쳐 미친 말처럼 길길이 날뛰었다. 마치 이 모든 일
이 엄마 아빠 책임이라는 듯, 이때까지 꾹꾹 누르며 참아왔던 분노를
폭포처럼 쏟아부었다. 사실 선생이 윤지의 가정형편을 알고 그런 짓
을 했는지 어떤지는 알 수 없었다. 그런데도 윤지는 집안이 이 모양
이 꼴이니까 선생도 자신을 우습게 여긴 거라고 믿고 싶었다. 그래야
만 덜 억울하다는 듯이.

"윤지야, 그만, 그만……."

엄마는 가슴을 쥐어뜯으며 차마 소리조차 내지 못하고 울었다. 윤

지는 그런 엄마의 모습이 꼴 보기 싫었다. 우는 것밖엔 달리 아무 것도 할 수 없는 엄마가 한없이 우스웠다.

"그러니까 엄마는 교감 선생님의 말 따위에 흔들리지 말고 잠자코 있어. 이 일은 나 혼자 해결할 거야. 아니 담임선생님이 도와주신대. 그러니까 모른 척하고 제발 가만히 있으라고!"

윤지는 차갑게 말하곤 집을 향해 돌아섰다. 그때였다. 윤지는 헉 소리를 내며 그 자리에 멈춰 섰다. 골목 모퉁이에 아빠가 서 있었다. 아빠의 손에 들린 검은 비닐봉지 속에서 소주 두 병이 고개를 삐쭉 내밀고 있었다. 일을 마치고 온 아빠가 이제부터 집에 들어가 마실 술이었다.

"……아, 아빠……."

윤지는 겁에 질린 얼굴로 아빠를 알은체했다.

"아니, 여보, 늦었네요?"

엄마도 소스라쳐 놀라 눈물을 훔치며 자리에서 일어났다.

"……."

아빠는 아무 말 없이 두 사람을 바라보았다. 그러다간 검은 비닐봉지를 흔들며 앞서서 집으로 들어갔다.

"아이고, 큰일 났다. 네 아빠가 어디서부터 이야기를 들었는지 모르겠다만 가만히 있지 않을 텐데."

엄마는 사색이 된 얼굴로 아빠 뒤를 부리나케 쫓아갔다. 겁에 질린 건 윤지도 마찬가지였다.

'아빠가 도대체 어디서부터 나와 엄마가 하는 이야길 들은 걸까? 악을 쓰고 엄마아빠를 싸잡아 욕하는 소릴 다 들었겠지?'

이제 윤지에게 닥칠 일은 불을 보듯 뻔했다. 아빠는 깡술을 벌컥벌컥 마신 다음에 윤지와 엄마를 앉혀놓고 무슨 일인지 꼬치꼬치 따져 물을 테고, 돌아오는 건 폭언과 폭력일 테니까.

'아, 진짜 되는 일이 없네. 난 왜 이렇게 재수가 없지.'

윤지는 무거운 걸음으로 집으로 들어갔다. 그런데 집안이 이상하게 조용했다. 아빠는 아무것도 묻지 않고, 술도 그대로 비닐봉투째 거실 바닥에 팽개쳐 두곤 불도 켜지 않은 방으로 들어가 있었다.

'왜 이렇게 조용하지?'

윤지는 씻지도 않고 그대로 방에 들어가 숨을 죽인 채 이불 속으로 들어갔다. 언제 태풍이 불어올지, 천둥번개가 칠지 두려워하면서. 하지만 아빠는 밤이 지나고 새벽이 올 때까지 아무 기척이 없었다. 다른 때처럼 아침 일찍 일어나 연장이 든 가방을 든 채 밖으로 나갈 때까지.

'술주정을 하는 아빠보다 침묵하는 아빠가 더 두렵다니.'

윤지는 불안한 마음으로 천천히 학교로 걸어갔다. 벌써 담임에게 미술 선생에 관한 이야기를 한 지도 보름이 지났다. 그동안 폭풍처럼 많은 일들이 벌어졌지만 아직 그 해결책은 보이지 않고 있었다.

수업이 시작하기 전 윤지는 조용히 담임과 상담실에 마주 앉았다. 윤지는 교감 선생님이 집을 찾아온 일이며 미술 선생이 문자를 보내 자꾸 겁을 주고 있다는 걸 알렸다.

사실 윤지는 마지막까지 미술 선생이 자신에게 보낸 문자만큼은 아무에게도 공개하고 싶지 않았다. 그걸 밝히는 건 어쩐지 페어플레이가 아니라는 생각 때문이었다. 그건 어디까지나 윤지와 선생 두 사람만이 아는 비밀이어야 했으니까. 하지만 이젠 더 이상 감추고 싶지 않았다. 선생의 비겁하고 비열한 태도가 견딜 수가 없었다. 될 수 있으면 빨리 이 문제에서 벗어나 자유롭고만 싶었다.

"나한테 보여줄 수 있겠니?"

담임이 조심스레 물었다.

"네, 쌤과 저는 동지니까요."

윤지는 그동안 미술 선생이 보낸 문자들을 모두 담임에게 보여주었다.

"어쩜, 너한테 이런 짓까지 하다니. 그 선생이 뭘 모르는구나. 이게 바로 증거가 된다는 걸. 윤지야, 이걸 모두 캡처해서 나에게 다시 보내주렴. 아주 소중한 증거가 될 테니."

"네."

윤지는 가슴이 아파왔다. 자신을 이 지경까지 몰고 간 미술 선생에 대한 연민이 느껴졌다. 이 문자가 공개되면 선생은 더 이상 빠져나갈 구멍이 없을 터였다. 병가를 내고 숨어있는 선생에게 조만간 그 결말이 내려질 테니까.

"쌤, 오늘 일찍 집에 갈래요."

윤지는 공부를 잘하는 아이도, 성적에 목매는 아이도 아니었지만 선생과의 일로 아무것도 할 수 없었다. 야자 시간에 자리에 앉아있는 것도 고역 중의 고역이었다.

"그래라. 지금 네가 무슨 공부를 하겠니. 이제 곧 모든 게 다 끝날 테니 그때까지 조금만 더 참으렴."

담임도 흔쾌히 윤지를 보내주었다.

오늘 윤지는 집이 아니라 갈 데가 있었다. 그건 바로 이수정이 입원해 있는 병원이었다.

'지난번에는 비겁하게 내 이야기를 숨긴 채 수정이 이야기만 듣고 왔어. 이젠 나도 솔직하게 내 이야기를 해야 해. 그래서 수정이에게 혼자가 아니라는 걸 보여줘야 해.'

윤지는 천천히 병실로 올라갔다. 오는 길에 수정이에게 줄 분홍 장미꽃 한 송이를 사들고서. 그런데 병실 문 앞에 면회 금지라는 표지판이 떡어 걸려 있었다.

'앗, 수정이는 퇴원하고 다른 환자가 들어왔나?'

윤지는 얼른 병실 문 옆에 붙어있는 환자 이름표를 바라보았다. 거기엔 분명히 '이수정'이라는 이름이 적혀 있었다.

'무슨 일이지?'

윤지는 갑자기 불길한 생각이 머리를 스쳤다. 굳게 닫힌 문을 열어볼 수도, 그렇다고 그냥 돌아갈 수도 없었다. 윤지는 오도가도 못한 채 병실 복도를 서성거렸다. 얼마나 시간이 지났을까, 수정이가 입원한 309호 병실 문이 조용히 열리고 누군가 나왔다. 수정이 엄마였다.

"아, 안녕하세요? 지난번에 왔던 신윤지예요. 그런데 수정이가 몸이 더 안 좋아졌어요?"

수정이는 조심스레 물었다.

"네가 그 윤지로구나. 수정이 아빠한테 이야기 다 들었다. 그래 얼마나 마음고생이 심했느냐? 그런 몹쓸 선생이……."

수정이 엄마는 낮게 한숨을 토해냈다. 수정이 엄마도 학교 게시판에 떠들썩하게 나온 아이가 윤지라는걸 이미 알고 있었다.

"수, 수정이는요?"

"우리 수정이가 얼마 전까지만 해도 상태가 조금씩 나아지고 있었단다. 그런데, 그, 미술선생이라는 작자가 하필이면 내가 잠시 자리를 비운 사이에 병실을 찾아왔던 모양이더라."

"네에? 미술 쌤이 여, 여기를요?"

윤지는 까무러칠 만큼 놀랐다. 세상에 여기가 어디라고 찾아온단 말인가? 자기 때문에 죽으려고 했던 수정이가 입원해 있는 병실을 겁도 없이 찾아오다니! 사람이 얼마나 뻔뻔하면 그 지경까지 갈 수 있을까.

"대체 왜 왔대요?"

윤지는 재차 물었다.

"그걸 모르겠구나. 선생이 무슨 이야기를 하고 갔는지 우리 수정이가 그날 밤부터 다시 헛소리를 마구 하며, 제 아빠나 의사선생님이 몸을 만지려고 하면 싫어, 싫어하고 몸부림을 치며 울부짖지 뭐니."

수정이 엄마는 몸을 부르르 떨며 말해주었다.

'아, 보나 마나 뻔해. 수정이가 문자도 카톡도 안 하니까 직접 찾아와서 협박하고 간 게 분명해. 모든 일은 수정이의 오해에서 비롯되고, 자신은 아무 잘못도 없다고 발뺌을 하려 했겠지.'

윤지는 선생의 야비함에 저절로 진저리가 쳐졌다.

"우리 수정이가 선생을 보자 아무래도 그날의 악몽이 되살아 난 모양이다. 그날부터 상태가 다시 악화되었어. 남자들만 보면 이불을 뒤집어쓰고 숨고 말도 안 하려고 해. 쯧쯧, 그렇잖아도 여리고 약한 우리 수정이가 어쩌다가 그런 일을 겪게 되었는지 원! 그래도 네가 앞장서서 그 선생의 몹쓸 죄를 다 밝혀줘서 고맙다. 윤지 네가 아니었으면 꼼짝없이 우리 수정이가 죄를 뒤집어쓸 뻔 했으니까."

수정이 엄마는 윤지 손을 잡고 눈물을 글썽였다.

윤지는 그런 수정이 엄마도, 앞장서서 학교 게시판에 글을 올린 아빠를 둔 수정이가 부러웠다.

"수정이가 깨어나면 얼굴 좀 보고 가도 돼요?"

"지금 안정제를 먹고 자고 있단다. 깨어나면 어떨지 모르겠구나. 잠시 병실에 들어가서 기다려 보련? 나는 휴게실에서 잠시 눈 좀 붙이고 오마."

수정이 엄마는 윤지를 자신의 딸과 같은 처지라고 느꼈는지 인자하게 말했다.

"네, 그러세요. 저는 그냥 조용히 수정이 옆에 있을게요."

윤지는 조용히 병실로 들어갔다. 어둑어둑한 병실에는 작은 등 하나만 켜있었다. 윤지는 병실 의자에 앉아 우두커니 수정이의 얼굴을 바라보았다. 수정이는 지난번보다 더 핼쑥한 얼굴로 아기처럼 몸을 웅크린 채 잠이 들어 있었다. 보기만 해도 너무 가엾고 측은했다.

'수정아, 왜 이러고 있어? 네가 뭘 잘못했다고 이러고 있는 거야? 지금쯤 우린 야자를 하고 다른 아이들과 시끌벅적 떠들며 웃고 이야기하고 그래야잖아. 그런데 도대체 이게 뭐니, 우리가 왜 여기서 이렇게 움츠려 있어야 하냐고.'

윤지는 새삼 미술 선생에 대한 분노가 일었다. 윤지도 수정이도 이제 더 이상 예전의 그 평범했던 소녀로 돌아갈 수 없다는 사실이 더욱 슬펐다.

윤지는 어두워오는 창밖을 보며 우두커니 앉아 있었다. 이상하게 수정이가 있는 병실이 낯설거나 불편하지 않았다. 엄마 아빠가 있는 집이나 아이들과 선생님들의 시선을 한 몸에 받아야 할 학교보다 한결 마음이 편했다. 어린 시절 책상 밑에 들어가 동화책을 읽고 인형놀이를 할 때처럼. 한참을 아무 생각 없이 앉아 있던 윤지는 자기도 모르게 보호자 의자에 누웠다. 그러다간 그만 스르륵 잠이 들고 말았다.

얼마나 잠을 잤을까, 오랜만에 단잠을 잔 윤지가 눈을 떠보니 수정이가 침대에 비스듬히 앉아 윤지를 바라보고 있었다.

"앗, 수, 수정아, 언제 일어났니? 도대체 지금 몇 시니?"

윤지는 깜짝 놀라 일어나며 앉았다.

"9시쯤. ……눈을 떴을 때 누군가가 의자에서 자고 있는 걸 보고 깜짝 놀랐어. 엄마가 살그머니 들어와 말해주었단다. 윤지, 너라고. 그냥 깨우지 말고 푹 자게 두라면서. 얼마나 고단했으면 이렇게 곤하게 자느냐고."

수정이는 이야기를 하듯 천천히 말했다.

"너, 괜찮아? 면회 사절이라고 해서 깜짝 놀랐어."

"아무도 만나고 싶지 않았거든. 아무도. 그런데 네가 왔어. 그렇잖아도 네가 한 번쯤 와주길 기다렸어. 반 아이들이 와서 너희 쌤이 단톡방에 올린 글을 보여줬어. 나도 거길 들어가 봤단다."

"미안해, 지난번에 왔을 때 사실대로 말을 하려 했었어. 하지만 그때까지만 해도 너처럼 솔직하게 말할 용기가 없었어. 될 수 있는 대로 미술실에서 있었던 일을 아주 깊은 곳에 꽁꽁 숨겨두고 싶었거든."

"나도 네 맘 알아. 내가 그런 일을 당한 후에 미술실에 팽개쳐 두고 간 네 스케치북이며 그림 도구들을 보며 어쩌면 너도 나랑 똑같은 일을 겪었겠구나 하고 짐작했어. 하지만 아이들이 병문안을 와서 네 이야기를 해줄 때까진 긴가민가했단다."

그랬다. 수정이는 이미 다른 아이들을 통해 윤지의 일을 알고 있었다.

"수정아, 나도 너처럼 미술 쌤의 칭찬을 받고 처음에는 기분이 좋았단다. 내 그림이 장 미셸 바스키아 그림을 닮았다며 치켜세우고 그림에 대한 소질이 있다고 말해준 사람은 처음이었으니까. 그래서 쌤이 미술실에 오니까 잔뜩 설레어서 달려갔던 거야. 그날 그런 일이 있기 전까지. 그런데……그 일이 벌어진 거야…….”

윤지는 모든 걸 솔직하게 수정이에게 털어놓았다.

“말해줘서 고마워. 나는 너처럼 당당하게 다른 아이들 앞에서 말할 용기가 없었어. 그래서 죽음으로 보여주고 싶었어. 하지만 너를 보니까 내가 얼마나 어리석은 결정을 했는지 알게 되었어. 그리고 며칠 전 미술 선생이 병실로 들어서는 순간 난 너무 무섭고 두려웠어. 소리를 지르려고 아무리 외쳤지만 그 소리는 입 밖으로 나오지 않았어. 선생은 내 앞에 우뚝 서서는 말했어. 어리석은 짓 하지 말고 모든 일은 내가 꾸민 거라고 말해달라고. 내가 선생을 짝사랑해서 벌어진 일이라고 말해달라고. 어쩜, 그 말을 하려고 날 찾아오다니! 난 미친 듯 소리를 질렀어. 그런데 아무리 소리를 질러도 목에서 목소리가 나오지 않는 거야. 나는 쇳소리를 내며 숨조차 쉬지 못한 채 벌벌 떨었어. 그랬더니 그 선생이 내 어깨를 두 팔로 잡고는 진정하라고, 숨을 크게 쉬라고 하는 거야. 그 선생의 손길이 뱀처럼 내 몸에 닿는 순간 나는 그만 까무러치고 말았단다. 그 후에 깨어나 보니 선생은 가고 없고, 의사선생님이 나를 진찰하고 있는 거야. 나는 의사선생님의 손을 마구 뿌리친 채 울고 또 울었단다.”

“어떻게 그럴 수가!”

윤지는 미술 선생을 도저히 용서할 수 없었다.

“안 그러려고 해도 자꾸만 악몽을 꿔. 어서 그 일에서 벗어나고 싶어. 하지만 그 선생이 학교에 있는 이상 나는 학교에 나가기가 겁이 나. 그래서 너한테 미안하단다. 너는 앞장서서 진실을 밝히려고 애쓰는데."

"아니야. 난 너를 보며 용기를 냈는걸. 네가 열일곱 살, 채 피지도 않은 꽃봉오리로 세상을 떠나려 했는데 내가 뭘 망설이나 하고."

"그래, 나도 너를 보며 용기를 내볼게."

그러고 보니 윤지와 수정이는 어느 틈에 서로가 서로에게 용기가 되어 있었다.

11

우리도 함께할게

밤이 늦어서야 윤지는 조심조심 집으로 들어갔다. 어제 이후 아빠의 얼굴을 본 적이 없는 윤지는 슬그머니 집안 분위기를 살폈다. 아빠가 술을 마신 흔적은 오늘도 없었다.

"엄마, 아빠는?"

"일찍 주무신다. 너도 어서 들어가 자렴."

엄마는 행여 아빠가 깰까 봐 낮게 속삭였다. 아빠가 술을 안 마시고 자는 날은 윤지나 엄마에게는 그것만으로도 축복이었다. 언제 시한폭탄이 터질지 몰라 안절부절하지 않아도 되니까.

아침에도 일어나 보니 아빠는 이미 일터로 나갔는지 보이지 않았다.

'뭔가 이상하다. 그날 분명히 아빠가 내 이야기를 듣고 달라졌어.'

윤지는 고개를 갸우뚱하며 아침밥을 먹는 둥 마는 둥 하고는 서둘러 학교로 갔다. 그런데 윤지가 마악 교문 쪽으로 갔을 때였다. 등교를 하던 아이들이 웅성웅성 모여 있는 곳을 무심코 바라보던 윤지는 그만 자기 눈을 의심하였다.

"앗! 아, 아빠!"

분명히 아빠였다. 얼굴은 그동안 술에 찌들고 굵은 주름이 져서 아주 초라해 보였지만 아빠는 옷 중에서 제일 번듯한 갈색 면바지에 푸른색 체크무늬 티셔츠, 갈색 점퍼를 입은 채 교문 옆에 서 있었다. 아빠의 손에는 스케치북보다 더 큰 널빤지로 된 피켓이 들려있었다.

'저게 뭐지? 아빠가 뭘 들고 있는 거지?'

윤지는 좀처럼 가까이 가지 못한 채 두근거리는 마음으로 교문 뒤에 숨어서 그쪽을 바라보았다.

"저 아저씨 지금 뭐 하는 거지?"

"1학년 3반 신윤지 아빠래."

"신윤지? 아, 그 미술 선생이랑 무슨 일이 있는 그 아이? 그런데 그 애 아빠가 뭘 들고 있는 건데?"

"자기 딸이 미술 선생한테 성추행을 당했으니 당장 그 선생을 고발하라는 내용이야."

"어쩜, 학교에서 별다른 조치를 하지 않으니까 신윤지 아빠가 직접 1인 시위로 나선 거네. 대단하시다."

등교하던 2학년 언니들이 주고받는 말을 듣던 윤지는 갑자기 눈시울이 뜨거워졌다.

'아빠가 그날 내가 엄마한테 퍼붓는 말을 들은 게 분명해. 그래서 나를 위해 저렇게 피켓을 만들어 들고 시위에 나선 거야. 아, 난 그것도 모르고.'

윤지는 피켓을 높이 든 채 서 있는 아빠를 보며 어쩔 줄 몰랐다. 아빠 앞에 나서기도, 그렇다고 그냥 교실로 들어가기도 뭐해서 윤지는 그저 교문 앞을 얼쩡거리고 서 있었다.

그때 아빠와 윤지의 눈이 딱 마주쳐졌다.

'앗!'

윤지는 흠칫 놀라 아빠를 바라보았다. 그 순간 아빠는 피켓을 들지 않은 손으로 어서 들어가라는 듯 손짓을 하였다. 잠시 망설이던 윤지는 고개를 숙여 아빠에게 인사를 하고는 도망치듯 학교 안으로 들어섰다.

"어머, 윤지야, 너희 아빠 교문 앞에 서 계신 거 봤니?"

미정이가 윤지를 보며 큰 소리로 물었다.

"응."

윤지는 어서 그 일이 조용히 끝나기만을 바랐는데 아빠까지 아이들 앞에 나서게 되자 마음이 심란했다.

"윤지야, 너희 아빠가 피켓을 들고 서 있는데 내 마음이 괜히 찡 하더라. 딸을 위하는 마음으로 그러시는 거잖아. 교장, 교감선생님을 비롯해 이 일에 관련이 있는 선생들 보라는 듯이 말이야."

"이제 미술 쌤은 더 이상 침묵해서는 안 될 거야."

반 아이들은 자기 일처럼 윤지를 위로해주었다. 아침 조회가 끝나고 나자 담임이 윤지를 조용히 불렀다.

"윤지야, 내가 어제 너에게 몇 번이나 전화를 했는데도 안 받더구나. 그래서 미처 너에게 말을 못 했어. 무슨 일 있었니?"

"아, 네, 그게……."

윤지는 수정이 병실에 가면서 핸폰을 꺼놓은 걸 깜빡했다는 말을 하려다가 입을 꾹 다물었다. 아침에 아빠를 보고 놀라서 수정이에 대해 이러고저러고 말할 기분이 아니었다.

"어제, 사실은 네가 야자를 빼먹고 나간 후 네 아버님이 학교로 나를 찾아오셨단다. 네 이야기를 대충 알게 되었다면서 자세한 걸 물으시더구나. 나는 모든 걸 다 말씀해드렸어. 누구보다 부모님이 이 일을 아셔야 너를 이해해 주실 거라고 생각해서였다. 네 아버님은 아무 말 않고 끝까지 내 이야기를 들으시더구나. 그러더니 일이 지금 어떻게 되고 있느냐고 물으셨다. 그래서 미술 선생님은 지금 병가 중이고, 학교에선 학교의 명예가 실추될까 두려워 아직 그 선생님에 대한 어떤 처벌도 않고 있는 상태라고 말씀드렸다. 그랬는데 오늘 아침 출근을 하다 보니 네 아버님이 교문 앞에 서서 시위를 하고 계시지 뭐니. 정말 깜짝 놀랐단다. 그렇게 하기가 쉽지 않으셨을 텐데. 그 모두가 널 위한 마음에서 나온 거겠지만. 윤지야, 너는 아빠가 오늘 피켓 시위를 하는 걸 알고 있었니?"

"아니요. 아빠는 집에서 아무 말도 안 하고 일찍 나오셨어요. 전 아빠가 일하러 가신 줄만 알았는데…….”

“윤지야, 나는 오늘 네 아버님이 교문 앞에 서 있는 걸 보며 무슨 생각을 했는 줄 아니? 만약, 나의 여고시절, 나에게도 너희 아버님 같은 분이 있었으면 내 인생은 달라졌을까, 하고 말이다. 우리 아버지는 남의 집 소작농을 하며 허리가 부러지도록 일만 하시느라 당신 자식이 무슨 일을 당해도 나설 수가 없는 형편이었거든. 어머니도 여섯 형제 밥 먹이고 가르치느라 논일 밭일 안 가리고 아버지를 돕느라 나를 도와줄 처지가 아니었어. 나는 누울 자리를 보고 다리를 뻗으라는 말처럼 나는 감히 어머니 아버지한테 아무 말도 못 한 채 겨우 빚내서 마련해준 첫 대학 등록금만 받아서는 도망치듯 고향을 떠났다. 그런데 오늘 네 아버님을 보니 왜 그렇게 부럽고 그때 일이 생각나던지. 이런 걸 보면 나는 아직 그때의 상처에서 벗어나지 못한 듯하구나. 가슴 저 밑바닥에 꼭꼭 숨겨두고, 이젠 다 잊었다고 생각했는데 이렇게 튀어나와 나를 괴롭히는 걸 보면 말이다.”

담임은 눈시울을 붉히며 말했다. 담임의 목소리는 윤지의 마음을 아프게 했다. 세대는 다르지만 담임은 윤지나 수정이와 똑같은 상처를 안고 있었다.

“저희 아빠는요…….”

윤지는 담임에게 아빠에 대한 이야기를 하려다가 그만두었다. 사실은 우리 아빠가요, 술주정뱅이에다 가정 폭력을 일삼는 사람이에요, 라는 말을 들으면 담임이 어떤 표정을 지을지 궁금했지만 굳이 그 말을 하고 싶지 않았다.

"내 생각에 내일도 아빠가 나오실 듯하구나. 윤지, 너는 괜찮겠니?"

담임은 걱정스레 물었다.

"괜찮아요. 아빠가 제 편이 된 것처럼 든든해요."

윤지는 진심으로 정말 오랜만에 아빠가 아빠처럼 느껴졌다. 그 옛날 아빠의 어깨 위에 앉아 동물원에 갔을 때처럼,

'하지만 이게 얼마나 갈 수 있을까? 술 없이 못 사는 아빠가 하루 이틀 지나면 또 예전의 모습으로 돌아갈 텐데.'

윤지는 수업시간 내내 그 생각뿐이었다. 하지만 윤지의 예상을 뒤엎고 아빠는 그날 밤도, 그 다음날 밤도 술을 마시지 않았다. 그리곤 이른 아침이면 피켓을 들고 학교 교문 앞으로 나왔다. 그렇게 사흘째 되는 날이었다. 등교를 하던 윤지는 또다시 교문 앞이 웅성웅성하는 걸 보았다. 무슨 일인가 하고 보니 아빠 옆에 누군가가 또 피켓을 들고 서 있는 게 아닌가?

"앗, 저분은 수정이 아빠잖아!"

그 모습을 본 윤지는 마치 전기에 감전이라도 된 듯 온 몸에 찌르르 전율이 일었다. 두 분의 아빠들. 두 사람은 마치 동지라도 된 듯 나란히 피켓을 든 채 서 있었다.

이때까지 차마 아빠 앞에 가까이 가지 못했던 윤지는 한 걸음 한 걸음 그쪽으로 다가갔다.

그러자 아빠의 피켓에 적힌 글이 보였다.

저는 누리여고 1학년 3반 신윤지의 아빠 신태균입니다.
저희 딸은 지난 4월 이후 여러 차례 이 학교의 김시준 선생에게
성추행을 당했습니다.
모든 증거가 있는 데도 불구하고 침묵하고 있는 학교 당국은
철저히 조사하여 당장 그 선생을 직위해제하기 바랍니다.
저는 그 일이 해결될 때까지 이 자리에서 시위를 할 것입니다.

윤지는 피켓에 쓴 글을 읽자 눈물이 핑 돌았다. 아빠는 담임에게 그 일을 듣자마자 윤지를 위해 부끄러움도 무릅쓰고 사람들 앞에 나선 거였다. 지나가던 사람들, 학교 선생님들, 학부모에게 보란 듯 항의를 하고 있었다.

아빠가 피켓 시위를 하는 걸 본 수정이 아빠도 학교 홈페이지에 올렸던 글을 그대로 적어서 들고나오고.

"우리 학교 너무 한 거 아니니? 저렇게 아빠들이 시위를 하는데도 꿈쩍도 안 하다니!"

"명문은 무슨 개뿔! 잘못을 저지르고도 사과하지 않는 학교가 무슨 명문!"

"사학명문 누리여고라며 툭하면 매스컴에다 으스대고 뻐기기나 하고!"

두 아빠의 시위를 본 학생들은 1학년, 2학년, 3학년을 가리지 않고 분노에 떨었다.

"제일 깨끗해야 할 학교에서 이런 불미스러운 일이 일어나다니 말이 됩니까?"

"더 무서운 건 이런 일을 쉬쉬하며 그냥 덮으려는 학교 당국의 처신입니다!"

"이런 학교에 어떻게 우리 딸들을 맡길 수 있단 말이오?"

"원래 미꾸라지 한 마리가 우물을 흐린다고 했으니 당장 그 못된 미꾸라지 선생을 그만두게 해야 합니다."

학부모들도 남의 일 같지 않은지 두 아빠에게 따뜻한 커피며 사탕 같은 걸 가져다주며 격려하였다.

이제 일은 점점 더 커졌다. 윤지는 자신의 일이 이렇게 큰 파장을 불러오리라는 건 사실 짐작도 하지 못했다. 그냥 조용히 선생의 사과를 받고 끝나면 되는 일인 줄 알았다. 그런데 일은 감당할 수 없을 만큼, 눈덩이가 불어나듯 불어나고 있었다.

다음 날 윤지는 자기 눈을 의심하였다.

"아니, 저건!"

교실 창문마다 노란 나비 같은 노란 포스트잇이 마구 나풀거리고 있었다.

1학년 3반 교실에서 시작된 그 노란 나비의 물결은 순식간에 전 학년으로 퍼져나갔다.

그 뿐이 아니었다. 누리 여고 학생들은 저마다 포스트잇에다 글씨를 써서 붙였다.

신윤지, 너의
용기를 응원한다!
함께 할게!

성희롱 ×

성적인 발언은
제발 NO!

우리는 여자가
아니라
학생입니다

성추행 없는
누리여고를
만듭시다!

김시준 선생은
진심으로
사과하라!

성추행 교사는
교단을 떠나라!
필요없다!

여학생으로
태어난 게
무슨 죄냐?

판결-
신윤지 무죄!
김시준 선생 유죄!

우리는 누군가의
성희롱감이
아니다!

누리여고 창문마다 #Me Too를 비롯하여 #With You 등등 수많은 응원 글귀들이 노란 나비처럼 팔락거렸다. 그 장면을 본 순간 윤지는 뜨거운 눈물이 왈칵 쏟아졌다.

'아, 나 혼자가 아니구나. 나 혼자가 아니었어!'

처음엔 어떻게든 숨기고 감추려고 했고, 담임에게 말을 한 후에도 너무 일이 커지자 두렵고 무서워서 후회를 하기도 했었다. 그런데 이렇게 많은 동급생과 선배들이 격려와 응원을 해주자 가슴이 뜨거워졌다.

교장 교감은 물론 교무주임, 연구주임 등 직책을 맡은 선생들은 아이들에게 당장 포스트잇을 떼라며 엄포를 놓았다. 하지만 그들 스스로는 감히 아이들이 붙인 걸 떼어내지 못했다. 그랬다간 더 큰 일이 벌어지리라는 걸 안 모양이었다.

누리여고에서 벌어진 교사에 의한 성추행, 성폭행은 '스쿨 미투'라는 이름으로 매스컴에 알려지게 되었다. 윤지는 증언을 위해 가자들 앞에 섰지만 이젠 부끄럽지 않았다. 자신을 믿고 응원해주는 친구들과 선배가 있으니까. 학생회에서는 아예 SNS에 누리여고 미투 계정을 만들어서 또 다른 피해 학생들의 증언을 싣도록 하였다. 그러자 그동안 꽁꽁 숨겨왔던 재학생, 졸업생들의 다양한 증언들이 쏟아져 나왔다.

누리여고에서 벌어진 '스쿨 미투'는 수많은 다른 학교에서의 '스쿨 미투' 운동으로 이어졌다. 이 학교 저 학교에서 잇따라 증언이 쏟아졌다.

문제가 점점 눈덩이처럼 커지자 그때까지는 어떻게든 막아보려 애쓰던 학교 당국은 놀란 모양이었다. 그들은 백기를 흔들며 윤지와 담임을 찾았다.

"결국 신윤지 학생이 이겼군. 학부모는 물론 졸업생들까지 나서서 이번에 우리 누리여고에서 벌어진 사태에 대해 관심을 가지고 당장 당사자인 김시준 선생을 내쫓으라고 성화를 대니 말이오."

교감은 무겁게 입을 열었다. 일을 이 지경에 이르도록 부추긴 게 담임이라는 듯 담임을 향해 벌레 씹은 표정을 지으면서.

"그래서 어떻게 하시기로 했습니까?"

담임이 당당하게 물었다.

"우선 김시준 선생에게 학교 차원에서 정직을 내릴 겁니다. 그 후 교육청에서 나와 진상조사를 하고, 법원에서 그 죄를 물어 판결을 내리겠지요. 이수정과 신윤지 학생의 말이 진실이라면 말입니다. 이수정과 신윤지 부모님께도 이 사실을 알리겠습니다."

"네, 알겠습니다."

담임은 교감의 말이 끝나자 윤지를 데리고 복도로 나왔다.

"윤지야, 네가 자랑스럽다. 마침내 김시준 선생이 자신이 지은 죄를 법으로 심판받게 되었으니."

담임은 흐뭇한 표정으로 말했다. 하지만 윤지는 일이 마무리되고나면 뛸 듯이 기쁘고 홀가분할 줄 알았는데 그게 아니었다. 아무리 김시준 선생이 벌을 받고 학교에 나오지 못하게 되어도 그날, 윤지는 그 일이 일어나기 전으로 돌아갈 수 없었다.

'그날, 내 안에 들어있던 나의 소녀는 떠났어. 아무것도 모르던 열일곱 살의 꽃봉오리는 그렇게 꺾이고 만 거라고.'

윤지는 자기도 모르게 자꾸만 슬픔이 목까지 차올랐다.

집으로 돌아오자, 아빠와 엄마가 윤지를 기다리고 있었다.

"윤지야, 아까 교감선생님한테 전화가 왔다. 일이 곧 마무리될 거라고."

아빠가 무겁게 입을 열었다. 아빠는 술이 아닌 찬물을 마시고 있었다. 물 잔을 든 아빠의 손이 덜덜 떨렸다. 술을 하도 많이 마셔서 생긴 수전증이라고 엄마가 말했다. 아빠는 손을 떨기 시작하면서부터는 목공 일도 하지 못하고 그동안 공사판에서 잡부로 일을 해야만 했다. 이젠 아무리 집안 사정이 좋아져도 아빠는 다시는 도면을 그리고 가구를 만들고 하는 일을 할 수 없을 터였다. 술은 아빠의 몸과 마음을 다 망가뜨린 게 분명했다.

"이번 일을 겪으면서 윤지야 네 얼굴을 똑바로 볼 수 없을 만큼 미안하고 참담했다. 그 모든 일이 나 때문에 일어난 거니까. 네가 아빠의 사랑을 듬뿍 받았더라면 그 선생이 아무리 친근하게 해줘도 마음이 가닿지 않았을 텐데. 그랬더라면 그 선생의 거짓 친절, 가짜 호의에 넘어가지 않았을 텐데."

아빠의 목소리가 파르르 떨렸다. 윤지는 아빠가 무슨 말을 더 하려는지 겁이 났다. 저러다가 다시 술을 찾고, 술에 취하면 백팔십도 달라진 채 엄마와 윤지를 향해 주먹을 날릴지도 몰랐다.

'빨리 이 자리를 피했으면!'

윤지는 오로지 그 생각뿐이었다.

하지만 아빠는 애써 참는 모습이었다. 물을 연거푸 몇 잔이나 들이키며 다시 말했다.

"너희 담임에게 그 이야기를 듣곤 난 학교 담벼락에 기대어 한없이 울었다. 그 선생보다 나쁜 사람이 바로 나라는 생각이 들었다. 그래서 학교 앞에서 피켓 시위를 할 때도 사실은 선생보다 나 자신에게 벌을 주고 있는 거라고 생각했다. 미안하다 윤지야. 그동안 내가 비겁했다. 술에 의지해서, 술에 취해서, 술을 빙자하여 난 이 더러운 세상을 잊으려 했다. 그리고 너와 엄마를 향해 폭력과 폭언을 휘두르면서 내 안에 있는 울분과 분노, 화를 다 쏟아내려 했으니. 피켓을 들고 서서 교문으로 들어가는 네 또래의 수많은 아이들을 보며 얼마나 마음이 아프던지. 그 아이들은 좋은 부모 만나서 잘 먹고 잘 살겠지, 설령 집이 가난해도 인자한 아버지를 만나 오순도순 따뜻하고 정겹게 살아가겠지, 항상 웃으며 이야기하고, 어떤 어려움이 있더라고 서로 힘을 나누며 살아가겠지, 우리도 그렇게 살 수 있었는데 왜 나는 그러지 못했을까, 하는 생각이 들었다. 어릴 때 폭력을 쓰는 아버지 밑에 자라서 나는 커서는 절대 그러지 말아야지 했는데 왜 나도 아버지의 길을 걸어가게 되었는지……."

아빠는 뜨거운 눈물을 흘리며 한숨을 내쉬었다. 하지만 윤지는 아무 말도 하지 못했다. 아빠가 아무리 진심을 담아 이야기해도, 뜨거운 눈물을 흘려도 이상하게 그게 조금도 가슴에 와 닿지 않았다. 윤지에게 아빠는 언제 폭발할지 모르는 활화산 같아서 이러다가도 금방 돌변하여 소주를 병나발 불고 눈이 홱 돌아가서 헐크가 될지 몰랐다.

하지만 딱 한 가지 윤지는 아빠가 피켓시위에 나서 준 건 정말 고마웠다. 아빠의 피켓시위 덕분에 수정이 아빠까지 참여하고, 학부모와 전교생의 호응을 얻을 수 있었으니까.

"아빠, 고마웠어요. 아빠 덕분에 일이 무사히 끝났어요."

윤지는 어렵게 말문을 열었다.

"……내가 할 수 있는 일이 그것밖엔 없었으니까. 그거라도 해야 한다고 생각했지. 아무것도 해준 거 없는 이 아빠가 너를 위해서……."

아빠는 또 눈물보가 터진 듯 눈물을 주르르 흘렸다.

"여보, 그러니까 이제 술 그만 마시고 우리 예전처럼, 윤지 어릴 때처럼 다시 한번 살아봐요. 나도 마트에서 더 열심히 일할 테니까요."

엄마도 옆에서 연신 눈물을 훔쳤다.

그날 밤, 윤지는 다시 악몽에 시달렸다. 미술 선생이 미술실에서 윤지를 붙잡고는 마구 소리를 질렀다. 너 때문에 난 이제 이 사회에서 매장당했다고, 너도 나랑 함께 깊고 깊은 동굴 속으로 들어가자고 마구 잡아끌었다. 윤지는 끌려가지 않으려 발버둥을 치다가 잠에서 깨어났다. 온몸이 땀으로 축축하게 젖어 있었다.

'아, 쌤, 저도 쌤 때문에 마음이 아파요. 쌤이 저를 칭찬해주던 그
날, 저는 정말 기뻤답니다. 누군가에게 인정받는 게 처음이었거든요.
그런데 쌤 왜 그러셨어요? 그러지 않았으면 저는 쌤의 칭찬에 들떠서
진짜 그림을 그렸을지도 모르는데요. 평생 쌤을 좋아하고 존경하는
마음으로……그런데 그 모든 걸 쌤이 다 깨뜨린 거예요, 쌤이…….'

윤지는 꿈을 깨고 나서도 여전히 슬픔이 가시지 않았다. 그건 선생
에 대한 연민, 안타까움 때문인지도 몰랐다.

자는 둥 마는 둥 하고 윤지가 마악 일어나려는데 엄마가 큰 소리로
윤지를 불렀다.

"윤지야, 윤지야, 어서 나와 봐, 어서!"

"엄마, 무슨 일이야, 응?"

윤지는 무슨 일인가 하고 눈을 부비며 나갔다.

"네 아빠가 일할 때 들고 다니는 이 가방이 그냥 있길래 무슨 일인
가 하고 열어보았단다. 그랬더니, 이, 이 편지가 들어있지 뭐냐. 여기
핸드폰도 그대로 있고. 아이고, 네 아빠가 어, 어떻게 이런 편지를 쓰
다니, 으흐흑."

엄마는 편지를 읽으며 눈물을 쏟았다.

"아빠가 편지를 썼다니 그게 무슨 말이야 엄마?"

"으흐흑, 여기 네 편지도 있어. 이, 읽어 봐."

엄마는 눈물 콧물 다 흘리며 편지 한 장을 내밀었다.

윤지는 엄마 손에 든 편지를 휙 낚아채서 읽었다.

윤지야, 정말 미안하구나.

어제 말했듯이 난 그동안 너에게 좋은 아빠가 아니었다.

나는 술을 핑계로 비겁하게 세상을 등지고 살았던 거야. 이번에 네가 겪는 일을 보며 많은 생각을 했다.

그동안 너와 엄마에게 몹쓸 짓을 많이 했다는 걸.

아빠는 지금 떠난다. 세상에서, 너와 엄마로부터 도망가는 게 아니라 아빠 다시 살기 위해서 떠나는 거다. 아빠가 이런 용기를 낸 건 바로 윤지 너 때문이다. 네가 그 힘든 일을 겪으며 그 일을 세상에 알리기 위해 얼마나 큰 용기가 필요했을까 생각했다. 어쩌면 살아가면서 두 번 다시 내기 힘든 용기였을 게다. 그래서 아빠도 너처럼 내 인생에서 가장 큰 용기를 내기로 했다.

그동안 알아보니 아주 조용한 산골 마을에 알콜 중독자들을 위한 재활치료센터가 있다고 하더구나. 거기선 각자의 재능을 살려 간단한 일을 하며 돈도 벌 수 있다고 하니 아무 걱정하지 말거라. 거기 있는 동안 술을 안 마시고도 당당하게, 꿋꿋하게 살 수 있는 삶을 되찾아서 오마.

그때까지 엄마를 도와 건강하게 잘 지내기 바란다.

내 딸 사랑한다.

– 아빠가 –

"아, 아빠, 아빠……."

윤지는 아빠의 편지를 읽자 그제야 아빠의 진심이 느껴졌다. 어제 아빠의 울음은 가짜가 아니었다. 아빠는 진심으로 자신을 뉘우치고 윤지와 엄마에게 미안함과 부끄러움을 느낀 거였다.

"네 아빠가 어디로 가는지도 안 밝히고 떠나다니……아마 단단히 마음을 먹은 모양이다. 어떻게든 술을 끊고 다시 우리 옆으로 돌아오려고……얼마나 괴로웠으면 그런 결단을 내렸을까, 살려고 그렇게 애쓰다가 얻은 병인데……그걸 고치겠다고 떠났으니 그 마음이 오죽할까."

엄마는 일하러 갈 생각도 않고 연신 눈물을 지었다.

"엄마, 아빠가 편지에 다 썼잖아. 알콜 중독에서 벗어나서 우리한테 오겠다고. 그러니 엄마, 우리도 이제 울지 말고 아빠를 기다리자, 응?"

윤지는 여린 엄마 대신 스스로 강해져야 한다고 생각했다. 자신을 스스로 감옥에 가두고 술 중독에서 벗어나려 애쓰는 아빠 대신, 그런 아빠가 건강한 모습으로 돌아오기를 기다리면서.

12

열일곱 살의 무게를 지고

가을이 지나고 어느 틈에 초겨울로 접어들었다. 윤지는 지난봄부터 일어난 모든 일들이 영화처럼 머릿속을 스쳐 지나갔다. 하지만 아직도 5층 미술실을 올려다볼 때면 가슴이 뭉근한 슬픔으로 젖어들었다. 미술 선생은 결국 교육청에서 나온 조사를 토대로, 학교 교원징계위원회에서 파면을 당했다. 스쿨 미투 SNS 증언에 나온 몇몇 선생도 해임이나 경고를 받았다고 한다.

"파면이면 이제 학교 선생님 못하는 거야?"

보미가 눈을 동그랗게 뜨고 물었다.

"아마 그럴 거야. 교사자격을 박탈당한 거래. 교단에 서지 못하도록."

"야아, 김시준 쌤 제대로 벌 받았네."

"당연하지. 우린 여자가 아니고 학생이라고 누가 포스트잇에 쓴 거봤어. 어떻게 선생이 학생을 상대로 성추행을 하냐고!"

"윤지랑 수정이가 나서지 않았으면 그런 일이 지금도 계속 되었을게 아니야? 내가 그 대상이 될 수도 있고!"

"야아, 생각만 해도 끔찍하다, 끔찍해. 이 몸은 사랑하는 사람 만날 때까진 고이고이 내가 지켜야지!"

아이들은 김시준 선생이랑 몇몇 선생들이 파면, 해임, 정직을 당했다는 말을 듣자 너도나도 한마디씩 하였다.

윤지는 파면이나 해임, 정직이 무슨 뜻인지는 잘 모르지만 결국 선생이 교단에 설 수 없다는 걸 알게 되었다.

'학교를 나올 수 없다면.'

윤지는 문득 미술실 책상에 놓여있던 선생의 가족사진이 떠올랐다. 그 가족사진 속의 부인과 딸, 아들의 환하게 웃는 모습이.

'이제 그들은 더 이상 환하게 웃지 못하겠지. 아빠의 잘못으로 그들은 힘든 나날을 보내겠지.'

윤지는 그들을 떠올리자 마음이 불편했다. 하지만 아무리 선생이 파면을 당했다고 해도 윤지는 이상하게 홀가분하다거나 후련하기보다는 묵직한 돌멩이가 들어 있는 한마음 한구석이 무거웠다.

'왜 그럴까? 쌤에 대한 연민 때문일까, 아니면 그 무엇 때문일까.'

윤지는 곰곰 생각을 해보았다. 그러자 한 가지에 마음이 가닿았다. 그건 바로 아무리 징계위원회를 열어 선생이 벌을 받았어도 풀리지 않은 선생에 대한 서운함이었다.

'내가 진짜 원한 건 쌤이 징계를 받는 게 아니었어. 내가 원한 건 쌤의 진정 어린 사과였다고. 그런데 쌤은 나는 물론 수정이에게 한 마디 사과도 안 하잖아. 잘못이 없다는 뜻일까, 아니면 쌤에게 난 사과를 받을 가치도 없는 미미한 존재라는 걸까.'

윤지는 방과 후 수업이 끝난 후 5층 미술실을 올려다보며 속으로 중얼거렸다. 그곳은 이젠 더 이상 미술실이 아니었다. 그곳은 이젠 서클방으로 바뀌어 밴드부 아이들이 쓰고 있었다.

학교 행정실 직원들이 미술실의 짐을 정리하여 미술선생 집으로 보낸다며 그 안에 있던 살림살이들을 다 내놓던 날, 윤지는 용기를 내어 그 방으로 가보았다. 이삿짐을 싸놓은 듯 어수선한 방에는 온갖 잡동사니들이 쌓여 있었다. 미술부 아이들도 하나둘 찾아와 자기 물건을 가져가느라 북새통을 떨었다.

윤지는 아이들이 나가고 나자 떨리는 마음으로 미술실로 들어갔다. 그때였다.

"앗!"

미술실 한구석에 윤지가 미술시간에 그리던 스케치북이 떨어져 있었다. 미술실을 뛰쳐나온 후 까맣게 잊고 있던 물건이었다. 윤지는 소스라쳐 놀라 그 스케치북을 집어 들었다. 안을 펼쳐보니 검은 꽃 그림이 나왔다. 물감이 여기저기 번진 검은 꽃은 마치 석탄 물을 뒤집어쓴 듯 보였다. 다음 페이지를 넘기는 윤지가 화병을 그리다 만 그림이 보

였다. 삐뚤빼뚤 그은 선 위로 미술 선생이 윤지 손을 잡고 그린 그림
이 덧씌워져 있었다. 그 순간 윤지는 눈물이 핑 돌았다. 이유를 알 수
없는 눈물이었다. 스케치북을 들고나가려던 윤지의 눈에 이번에는 분
홍 가방 하나가 눈에 띄었다.

'아, 저 가방!'

엄마가 찾아오라고 종주먹을 대던 도시락 가방이었다. 선생에게 줄
김밥을 싸 들고 설레는 마음으로 미술실을 찾았던 그 날이 떠올랐다.
바로 그날, 윤지 안에서 소녀가 떠나던 그 날이.

"아아!"

윤지는 행여 미술선생이 또 자신의 몸을 만지고 더듬고 입을 맞추
기라도 할 듯 도시락 가방을 들고는 서둘러 미술실을 빠져나왔다.

윤지는 도시락 가방을 그대로 쓰레기통에 버릴까 하다가는 엄마가
한 말이 떠올랐다.

"그 가방 마트에서 같이 일하는 명수 엄마가 일본에서 사다 준 건
데. 하필이면 그걸 잃어버리다니."

엄마는 윤지가 도시락 가방을 잃어버렸다고 하자 못내 아쉬워하
였다.

'그래, 가방이 무슨 죄가 있다고.'

윤지는 도시락 가방을 백 팩에다 얼른 집어넣었다.

그날 저녁, 설거지를 하던 엄마가 윤지에게 풀로 단단히 붙인 봉투
하나를 가져다주었다.

"이게 도시락통에 들어있더라. 도시락도 깨끗하게 설거지가 되어 있고. 그날 이 도시락 먹은 사람이 그 선생 맞지?"

엄마가 의미심장한 얼굴로 물었다.

"아니라니까. 그날 엄마가 서운해할까 봐 거짓말했던 거라고."

"그럼 이 도시락이 어디서 이제 나타난 거야?"

"친구 먹으라고 줬는데 친구가 모르고 이걸 집에 가져갔다가 오늘에서야 가져온 거라고 몇 번이나 말해. 걔가 미안한 나머지 편지를 썼나 보지 뭐."

윤지는 시치미를 뚝 떼고 두근거리는 마음으로 얼른 봉투를 받아서는 방으로 들어갔다. 도시락에서 나온 봉투라면 누가 보낸 건지 안 봐도 알만했다.

'이 안에 뭐가 들었을까? 정말 편지가 들었을까? 그렇다면 대체 쌤은 언제 이 편지를 썼단 말인가.'

윤지는 서둘러 봉투를 뜯었다. 짐작대로 그 안에는 편지가 들어있었다.

윤지야, 네가 이 편지를 받을 때쯤이면

나는 이미 학교를 떠나 있겠구나.

아니, 어쩌면 영영 네가 이 편지를 읽지 못할 수도 있겠지만.

먼저 너에게 미안하다는 말을 하려 한다. 처음엔 어떻게든 너와 수정이의 입을 막으려 애를 썼지만, 그게 결국은 내 발목을 잡고 말았다.

너와 수정이의 일이 알려지고, 또 다른 재학생, 졸업생들의 미투가 계속 이어지자 나는 그때서야 내가 무슨 잘못을 저질렀는지 깨달았지만 그때는 이미 때가 늦었단다.

어디서부터 변명을 해야 할까, 나는 한때 촉망받는 젊은 작가로 인정 받을 만큼 화단에서 활발한 활동을 하였다. 여러 대회에서 상을 받기도 하고, 유명 해외 비엔날레에 초청되기도 하고, 아트페어에 나가기도 하고. 그런데 언제부터였을까, 내 작품이 지나치게 식상하고 뻔한 범주를 벗어나지 못하고 늘 제자리를 맴도는 기분이었다. 미술평론가들도 이미 그걸 눈치채고 내가 작품을 낼 때마다 혹평을 쏟아내고 비아냥거리기 시작하였단다. 여고생이나 가르치는 교단 작가로만 취급을 하고. 아마 그때부터였나 보다. 나는 나의 참신한 상상력을 자극해 줄 무엇인가를 찾기 시작하였다. 그러다가 어느 순간 여고생들의 풋풋한 모습과 그들과의 짜릿한 스킨십을 통해 나의 죽어있던 상상력, 신선함을 찾으려 했다. 그게 잘못인 줄 알면서도 언제부터인가 나 자신도 그 순간들을 즐기게 되었다.

미안하다, 정말 미안하고 잘못했다.

나 때문에 상처 받은 너와 수정이, 또 다른 학생들을 생각하면

나에게 내려진 파면도 부족하다는 생각이다.

나는 모든 걸 다 내려놓고 멀리 떠나려 한다. 진정한 작가로서 새롭게 태어나기 위해서는 침묵과 고독, 고립의 순간들이 필요할 테니까. 다행히 선배 하나가 시골에 있는 폐교 한 곳을 빌려주었다. 이제 그곳

에서 나는 하늘의 별과 바람, 나무와 풀을 벗 삼아

작가 김시준으로 다시 태어날 것이다.

윤지야, 내가 이렇게 장황하게 내 변명을 늘어놓는 건,

마지막 이 말을 전하기 위해서란다.

난 네 그림을 보는 순간 정말 장 미쉘 바스키아가 떠오를 정도로 충격을 받았다. 그 후에 그린 몇 점의 그림도 아주 신선하고 창의성이 돋보였다. 네 그림 솜씨는 다듬어지지 않고 기초를 닦지 않았을 뿐 뛰어난 재능이 숨겨져 있다는 걸 직감했단다. 내가 이런 말 할 처지는 아니다만, 윤지야, 지금이라도 늦지 않았으니

그림을 공부하여 훗날 멋진 화가가 되었으면 한다.

이게 내 마지막 부탁이다.

그동안 여러 가지로 너를 괴롭혀서 정말 미안하구나.

그럼, 안녕!

정말 모를 일이었다. 선생의 변명과 사과가 진심으로 느껴져서 일까, 윤지는 선생의 편지를 읽는 동안 자신도 모르게 뜨거운 눈물이 주르르 흘러내렸다. 이제부터 시작될 선생의 고독하고 쓸쓸한 삶이 눈에 보이듯 그려졌다. 선생은 학교나 교육청, 법원에서 주는 벌보다 더 무서운 자기만의 감옥으로 스스로 걸어 들어갔다. 그 감옥이 어떨지는 안 봐도 눈에 선했다.

'쌤, 이제 정말 다 끝났네요. 쌤의 편지를 받고 나니 왜 이리 슬프지

요? 쌤의 칭찬이 거짓이 아니라고 믿을게요. 그림을 그릴지 어떨지는 아직 모르지만 쌤 덕분에 난생처음 그림에 대한 호기심이 생긴 건 사실이었어요. 쌤, 이제 미워하지 않을게요. 부디 쌤이 선택한 그 길에서 평화롭기를 바랄게요.'

윤지는 속으로 중얼거렸다. 아주 길고 긴 여행이 끝난 듯 윤지는 온몸의 살과 뼈가 욱신욱신 아프고 잠이 쏟아졌다.

'그래, 한잠 자고 일어나면 모든 아픔들이 다 사라질 거야. 나를 짓누르던 그 열일곱 살의 무게도 다 가벼워질 거야.'

윤지는 깊고 깊은 잠 속으로 빠져들었다. 그렇게 토요일, 일요일을 윤지는 죽은 듯 잠을 잤다.

"윤지야, 이거 먹어."

월요일 아침 학교에 가자 미아가 매점에서 빵 하나와 우유를 사다가 불쑥 내밀었다. 뭔가 윤지에게 하고 싶은 말이 있다는 듯 눈치를 보면서

"자, 신윤지, 이제 모든 태풍은 다 지나갔어. 너와 나의 태풍. 나도 이젠 쭌에게서 벗어나 나를 위해 살기로 했거든. 우리 지금부터라도 진짜 공부를 해보는 건 어떨까? 난 결심했단다. 우리 엄마 등살에 못 이겨 하는 공부가 아닌 진짜 나를 위해서 말이야. 넌 어때?"

성적이라면 둘 다 중간 아래쯤에서 빌빌거리는 윤지와 미아였다. 미아가 이제부터 맘을 잡고 공부를 하자고 꼬드겼다.

"넌 공부해. 난 그림을 그릴 거야."

윤지는 자기도 모르게 불쑥 내뱉었다. 사실 미술실을 드나들며 윤지는 그림을 그리고 싶다, 화가로서 사는 삶도 참 아름답겠구나 하는 생각을 했었다. 거기에다 선생이 윤지에게 그림을 그려보면 어떠냐고 하지 않았던가?

"뭐어, 미, 미술을? 어, 어떻게 그, 그런 생각을?"

윤지보다 놀란 건 미아였다. 미술 선생에게 그렇게 당하고도 미술을 전공하고 싶냐는 뜻이 담긴 눈빛이었다.

"집이 가난하다고 무조건 포기하는 건 아니라고 봐. 그까짓 거 해보면 되잖아. 왜? 내가 못할까 봐 그러니?"

윤지는 짐짓 자신 있는 표정으로 물었다.

"아, 아니, 그게 아니라⋯⋯. 이제 보니 너 정말 독종이다, 독종!"

미아는 혀를 내둘렀다.

윤지가 그림 공부를 하여 미대를 가겠다는 말을 듣고 놀란 사람은 또 있었다.

"윤지야, 이젠 좀 공부에 매진해야지? 그동안 너무 힘든 일을 겪느라 공부는 뒷전이었잖아."

담임이 걱정스레 말했다. 윤지를 누구보다 이해하고 이끌어 준 담임이었다. 담임이 없었으면 윤지 혼자서는 결코 그런 용기를 내지 못했을 것이다. 담임은 조심스럽게 성적이 바닥을 헤매고 있는 윤지를 보며 물었다.

"쌤, 저 그림 공부를 하려고요. 미대에 갈래요."

"뭐어, 미대를 가겠다고?"

담임도 눈이 휘둥그레져서는 물었다.

"네, 미대요. 선생님은 여고 시절에 겪은 그 일 때문에 작가의 꿈을 포기하셨지만 전 선생님처럼 되지 않을래요. 미술 쌤이 제게 그림에 대해 눈을 뜨게 해 준 건 사실이어요. 잠깐이지만 전 그림을 그리는 시간이 참 좋았어요. 난생처음 찾은 행복이었거든요. 그 기쁨을 다시 찾고 싶어요. 아직 1학년이니까 지금부터라도 열심히 해보고 싶어요."

"세상에, 신윤지, 그런 생각을 다 하다니. 어쩌면 네 말이 맞는지도 모르지. 난 비겁하게 피했지만 넌 정면으로 맞붙겠다는 거니까. 그래, 네 결정에 난 찬성이다. 부딪쳐 보렴. 그렇게 하는 게 네 안에 있는 상처와 정면으로 맞서는 게 될지도 모르니까."

담임은 손을 들어 윤지와 하이파이브를 했다.

'내 결정이 정말 옳은 걸까? 하지만 난 해보고 싶어. 처음으로 찾은 내 꿈인걸.'

담임과 면담을 끝낸 윤지는 생각에 교문을 나섰다. 그때였다.

"신윤지!"

"윤지야, 이쪽으로 건너와. 어서."

길 건너에서 미정이와 보미, 연두가 윤지를 보고 반갑게 소리를 질렀다.

윤지는 서둘러 길을 건넜다. 학교 창문에 포스트잇 시위를 할 때 제일 앞장서서 나선 건 바로 이 세 친구들이었다. 불의를 보고 참지 못

하는 아이들은 교실마다 돌아다니며 선동을 하고 선배들을 부추겼다.

"신윤지, 무슨 생각을 그렇게 하냐? 자, 빨리 우리 따라와."

"어디 가는데?"

"잔말 말고 오라니까."

미정이가 깡패처럼 으스대며 윤지의 손을 잡아끌었다. 그리곤 학교에서 두 정거장쯤 떨어진 곳에 있는 카페 '파타고니아'로 윤지를 끌고 갔다. 그곳은 주인이 남미에 있는 파타고니아를 좋아하는지 벽마다 파타고니아의 풍경 사진들이 걸려 있었다.

그곳에는 남녀 학생들이 모여 벌써 이야기를 하고, 뭔가를 홀짝홀짝 마시고 있었다. 미정이는 일행을 끌고 익숙하게 남자아이들이 앉아있는 자리로 갔다. 그 순간 윤지는 흠칫 멈춰섰다. 지난번에 윤지의 어깨에 손을 올리려다 된통 무안을 당했던 동우가 거기 앉아 있었다.

"어, 이게 누구야? 누리여고 슈퍼스타, 신윤지 아니야?"

동우는 윤지를 보자마자 반갑게 손을 흔들었다.

"네 소문이 이웃 남자 학교까지 다 퍼졌어. 동우가 깜짝 놀랐대. 네가 얌전한 맹추인 줄 알았는데 앞장서서 그 일을 밝혀내고 증언한 걸보고."

미정이가 나서서 설명을 해주었다.

윤지는 '슈퍼스타'라는 말에 빈정이 상했지만 그냥 자리에 앉았다. 아이들은 쥬스나 콜라, 무알콜 맥주, 병맥주 등 다양한 음료수들을 마시고 있었다.

"신윤지, 그때는 내가 미안했다. 난 네가 그런 일을 당한 줄도 모르고 보자마자 어깨에 손을 올리는 둥 스킨십을 하려 했으니. 난 뭐 아무 뜻 없이 그런 거지만. 네 이야기를 듣고 그때 일이 이해가 되더라고. 자, 우리 이제부터 잘해보자. 난 네가 마음에 들어."

동우가 들고 있던 병을 들고 부딪쳤다. 윤지도 더 이상 동우를 향해 찌질한 모습을 보이기 싫어 들고 있던 콜라병을 마주쳤다.

"어머머, 신윤지, 너 동우가 대림고 짱인 거 알지? 여자애들이 동우랑 만나고 싶어 얼마나 안달인데 넌 그렇게 쉽게 친구가 되냐?"

보미가 옆에서 너스레를 떨었다.

'그래, 뭐든지 자연스럽게 할 테야. 담임 쌤은 그 트라우마로 누군가 사랑하는 것도 힘들다고 했지만 난 그러지 않을 테야. 그게 나를 옭아매는 동아줄이 될 순 없어.'

윤지는 동우와 전화번호를 교환하고 서로 헤어져 돌아오면서 마음속으로 다짐하였다.

그런데 다음 날 오전 수업을 마치고 마악 급식을 먹으러 교실을 나설 때였다.

"아니, 수, 수정아!"

수정이가 교실 앞에서 윤지를 기다리고 있었다. 여전히 얼굴은 헬쑥하고 힘이 없어 보였지만 수정이는 교복을 단정하게 입고는 윤지를 보며 입가에 웃음을 지었다. 복도를 지나던 아이들이 둘을 흘깃흘깃 바라보았다. 학교를 졸업하는 내내, 어쩌면 학교를 졸업한 후에도 그런 시선들은 수도 없이 날아올 것이다. 미술선생한테 성추행을 당한 아이들이라는 꼬리표를 달고 살아갈지도 모를 일이었다. 하지만 윤지는 이미 각오한 일이었다.

"수정아, 이제 괜찮니? 이렇게 학교에 나와도 돼? 안 그래도 널 만나러 갈 생각이었는데."

윤지는 걱정과 반가움이 어린 얼굴로 말했다. 그리곤 수정이 손을 잡고 운동장의 벤치로 달려갔다.

"자, 여기 앉아. 앉아서 이야기하자. 이제 몸이 다 나아서 퇴원 한 거니?"

"응, 이젠 병원에는 더 이상 있기 싫어. 답답해서."

"그랬구나. 그래서 오늘부터 학교에 나온 거구나."

"윤지야, 나, 사실은 오늘 마지막으로 학교에 한 번 와 봤어. 네 얼굴도 보고 싶고."

수정이는 힘없이 웃었다.

"뭐라고? 그, 그게 무슨 소리니? 응?"

윤지는 뒤통수를 한 대 맞은 듯 놀라 물었다.

"나, 학교 자퇴했어. 너한테는 너무 미안하지만 난 안 되겠어. 학교를 더 이상 다닐 수가 없어. 자꾸 그 생각이 나고 무섭고 두렵고 떨리고. 그래서 아예 우리 식구 모두 아빠 고향으로 내려가기로 했어. 충청남도 서천의 한 바닷가 마을이란다. 할아버지가 돌아가시고 할머니 혼자 거기 사셔. 거기로 내려가서 내가 몸이 좀 좋아지면 근처에 있는

대안학교로 가려고……. 하지만……너 혼자 두고 나만 멀리 도망가는
거 같아서 그게 미안해…….”

수정이는 억지로 울음을 참으며 말했다.

“수정아, 그러기로 했구나. 그렇게 떠나기로.”

윤지도 자꾸만 눈물이 차올라왔다.

‘모두들 떠나는구나. 아빠도, 쌤도, 수정이도. 다들 자기만의 살 길
을 찾아 떠나는구나.’

윤지는 마음으로 동지처럼 의지하던 수정이가 떠난다는 말에 자꾸
만 가슴 밑바닥에서부터 아픔이 밀려왔다.

“수정아, 네 맘 이해해. 내 걱정하지 말고 가서 잘 지내기 바랄게.
여기서의 모든 걸 다 잊고 몸과 마음이 건강해지기를.”

“그래, 고마워. 얼마 전에 미술 쌤이 문자를 보냈더라. 미안하다고.
살아가면서 내내 그 미안함을 안고 살아가겠다고. 나도 이젠 여길 떠
나면 다 잊을 거야. 아무 일도 없었던 것처럼 살 거야. 윤지야, 네가
있어서 참 든든했단다.”

“나도 마찬가지였어. 너를 보며 용기를 낸 거니까. 수정아, 잘 가!
우리 나중에 꼭 다시 만나자. 활짝 웃으면서.”

윤지는 수정이를 꼭 껴안고 작별 인사를 나눴다. 저만치 운동장 끝
에서 수정이 엄마 아빠가 수정이를 기다리고 서 있었다. 윤지는 가볍
게 고개를 숙이고 인사를 하고는 수정이와 헤어졌다.

“안녕!”

"안녕!"

윤지와 수정이는 손을 흔들며 서로 돌아섰다. 윤지는 급식실로 가는 대신 운동장 끝에 있는 느티나무로 달려가 둥치에 얼굴을 묻은 채 참았던 울음을 터뜨렸다.

'그래, 나 혼자서라도 꿋꿋하게 잘 견딜 거야. 누가 뭐래도 난 잘 살 거라고.'

윤지는 이제 정말 홀로서기를 할 때가 왔다는 걸 알았다. 아무도 자신의 슬픔을 대신 지고 갈 사람이 없다는 것도. 이제 모든 건 혼자 묵묵히 사막을 걸어가는 낙타처럼 뚜벅뚜벅 걸어가야 한다는 걸.

윤지의 열일곱 살은 그렇게 저 혼자 슬픔을 견디며 앞으로 나아가야 한다는 걸.